LES ARNAQUEUSES DES ANNÉES FOLLES

Du même auteur

*L'Inclassable. D'*Actuel *à* Nova*, les cent vies de Jean-François Bizot*, avec Baptiste Etchegaray, Paris, Fayard, 2017.

MARINA BELLOT

LES ARNAQUEUSES DES ANNÉES FOLLES

TALLANDIER

48, rue du Faubourg-Montmartre – 75009 Paris
www.tallandier.com

Préambule

Maria Darcy. Marthe Hanau. Renée Saffroy. Leur nom ne vous dit probablement rien et pourtant, elles ont défrayé la chronique des Années folles : ce sont, selon leur surnom de l'époque, des « escrocs en jupons ».

Escroques aurait certes davantage de panache mais le mot ne se décline pas au féminin… Comme si, au fond, l'escroquerie ne pouvait être qu'une affaire d'hommes. Or, à y regarder de plus près, des femmes se sont brillamment illustrées sur ce terrain supposé exclusivement masculin. Certaines ont même été précurseures – sans pour autant passer à la postérité. Qui sait, par exemple, que cinquante ans avant Charles Ponzi, l'entrepreneur-escroc qui a donné son nom à la célèbre pyramide de Ponzi, une femme, Adele Spitzeder, avait imaginé un montage financier frauduleux fonctionnant exactement sur le même principe[1] ?

---

1. Il s'agissait d'attirer des investisseurs en payant les intérêts aux premiers déposants avec l'argent apporté par les suivants. Adele

Plus encore que les meurtrières, dont les pulsions criminelles peuvent être mises sur le compte de l'hystérie, les arnaqueuses dérangent. Quel étrange dysfonctionnement de l'esprit, quelles dangereuses inclinaisons, quel sombre désir les poussent à s'aventurer ainsi sur le terrain des hommes, elles qui sont pourtant tenues loin des affaires économiques et financières de leur temps ?

Dès la fin du XIXe siècle, on s'inquiète :

> La fièvre d'émancipation fait de terribles ravages parmi la gent qui porte jupons. Aujourd'hui, les femmes ne se bornent plus à être étudiantes en médecine – ou du moins à se dire telles ; elles s'émancipent au point de prendre des pseudonymes comme les écrivains du sexe laid et de s'adonner, à la faveur de ces pseudonymes, à une passion d'escroquerie tout à fait effrénée[2].

Ce mélange de perplexité et de consternation dévoile le profond bouleversement que crée la déviance féminine dans une société qui appréhende les femmes avant tout par leur rôle maternel et leur utilité domestique. Car, derrière l'arnaqueuse, se profile en réalité *l'aventurière*. Celle qui, refusant de suivre la voie toute tracée, explore les chemins de traverse. Celle qui, délaissant la place qu'on lui a assignée, brigue un diplôme, une fonction, un titre auxquels elle n'a pas droit. Celle qui,

---

Spitzeder aurait arnaqué pas moins de 30 000 personnes, amassant l'équivalent de 400 millions d'euros.

2. « Escrocs en jupons », article paru dans *L'Ordre de Paris* en mars 1889.

en somme, remet en cause les fondements d'une société reposant sur l'assujettissement des femmes, éternelles mineures aux yeux du Code civil napoléonien.

Qu'elles soient diablesses à la beauté enchanteresse ou viragos aux traits trop masculins, les arnaqueuses sont perçues comme des erreurs de la nature. Nature dont elles défient d'ailleurs les lois, ainsi résumées sous la plume du « docteur » A. de Neuville, chroniqueur scientifique prolixe de la seconde moitié du XIXe siècle :

> La femme est moins forte et plus peureuse que l'homme. [...] La criminalité féminine est inférieure à celle de l'homme grâce encore à cette circonstance que son intelligence est moindre que celle de l'homme. Il faut de l'esprit inventif autant pour commettre des crimes que pour faire des inventions ou des livres ; or, comme l'a dit Darwin, la femme manque d'esprit inventif. Beaucoup de femmes ne commettent pas de crimes parce qu'elles n'en conçoivent même pas l'idée. Le peu d'intelligence qu'elles ont les rend, en somme, bonnes ou du moins non dangereuses[3].

Le père de l'anthropologie criminelle, l'Italien Cesare Lumbroso, ne dit pas autre chose. Dans son ouvrage de référence *La Femme criminelle et la Prostituée*, paru en 1896, il postule dès la préface que « la femme est intellectuellement et physiquement un homme arrêté dans son développement ». Néanmoins, poursuit-il avec sagacité :

---

3. « La criminalité féminine », article paru en janvier 1892 dans *La Revue des revues*.

> Nous ne disons pas, du reste, que l'infériorité intellectuelle constatée chez la femme ne présente pas de fréquentes exceptions qui deviennent tous les jours plus saillantes et plus nombreuses, à mesure que les progrès de la civilisation effacent les différences entre les deux sexes, comme ils nivellent entre les peuples les classes et les rangs.

Sait-il qu'en France, au moment où paraissent ces lignes, une paysanne au flair de renard escroque des millions de francs à des hommes tout-puissants ? Condamnée en 1903 à cinq ans de prison ferme, Thérèse Humbert, fille d'agriculteurs, réussit pendant plus de vingt ans à se faire passer pour l'une des plus riches héritières françaises et s'offre la grande vie à crédit, recevant le Tout-Paris dans le luxueux château des Vives-Eaux. Le journaliste économique Christian Chavagneux, auteur de l'ouvrage *Les Plus Belles Histoires d'escroqueries*[4], s'enthousiasme :

> L'économiste Thomas Piketty a montré que la première source de richesse, à la fin du XIXe siècle, était l'héritage. À l'époque, il n'y a plus de placement immobilier et on commence à placer sur les marchés financiers. Thérèse Humbert, femme de son temps, le comprend et oriente son escroquerie en fonction de cette nouvelle tendance. Elle est l'incarnation même de l'analyse de Thomas Piketty. C'est formidable !

C'est tout le talent des arnaqueuses : elles sentent leur époque, en captent les signaux faibles et déploient

4. Christian Chavagneux, *Les Plus Belles Histoires d'escroqueries*, Paris, Seuil, 2020.

des trésors d'ingéniosité pour faire exploser les carcans qui les enserrent.

Maria, Marthe et Renée sont nées au XIXe siècle. À l'école, comme toutes les femmes de leur temps, elles ont appris le tricot et le canevas. Elles n'ont étudié ni la physique, ni les mathématiques, ni les langues mortes, ni la philosophie. Elles n'ont pas passé leur baccalauréat. Elles ne seront ni avocates ni médecins, métiers réservés aux hommes. Leur unique formation, la seule exigée d'elles, est celle d'épouse et de mère. Elles ne peuvent pas travailler ni gérer leurs biens sans l'autorisation de leur mari[5]. Leur salaire est statutairement inférieur à celui des hommes[6], tout juste considéré comme un appoint au budget de la famille. Le monde de la finance leur est interdit, à l'image de son temple, la Bourse[7].

Tenues en marge des combats politiques, corsetées dans leurs ambitions, discriminées dans le monde du travail, sous-estimées dans la création intellectuelle et artistique, soumises aux injonctions de genre qui leur imposent de n'être ni masculines ni trop féminines, elles n'ont en théorie qu'un seul horizon : la famille.

Au lendemain de la Première Guerre mondiale qui les a, de fait, propulsées en première ligne, dans les usines, les fermes, les garages, et même au volant des tramways, les femmes sont sommées de rendre aux

5. Elles n'obtiendront ce droit, en même temps que la pleine capacité juridique, qu'en 1965.

6. Ce sera le cas jusqu'en 1946.

7. Elles n'auront accès au palais Brongniart qu'à partir de 1967.

hommes les rênes de l'économie et les clés de leur existence. « La femme métallurgiste, la femme mécanicienne nous ont attendris pendant la guerre ; aujourd'hui, elle nous inquiète, confesse en 1919 l'abbé Sertillanges[8]. En guerre, durant qu'elle pleurait et qu'elle devait agir, l'hommage du pays ne pouvait lui être refusé ; il lui demeure acquis ; mais maintenant, il faut qu'elle retourne au foyer. »

Pourtant, n'en déplaise aux tenants de l'ordre, une porte s'est entrouverte. Et Maria, Marthe et Renée, comme toutes les aspirantes à l'émancipation, veulent faire plus qu'y passer une tête…

Après guerre, une furieuse soif de vivre s'empare de la France. C'est le temps du jazz et des premiers films parlants, de la TSF et du charleston, des dancings et de la coupe garçonne. Un vent de modernité déferle sur la société des Années folles… et il souffle aussi sur les femmes.

Thérèse Humbert, que les journalistes ont eu tôt fait de surnommer « l'escroc du siècle », a en réalité ouvert avec éclat le bal de ces femmes qui vont réussir à tirer leur épingle du jeu grâce à l'escroquerie. La presse des années 1920 regorge des faits d'armes de ces aventurières de tous les milieux et de tous les âges qui y voient le moyen de s'inviter à la fête de ces Années folles, synonymes d'intense essor économique. Leurs arnaques sont plus ou moins ambitieuses, plus ou moins réussies, mais toutes racontent le même désir : celui de s'acheter une vie libre.

---

8. La parole de l'abbé Sertillanges (1863-1948), prêtre dominicain et philosophe moraliste, faisait autorité durant l'entre-deux-guerres.

Anthelma Brodet, fille de l'Assistance publique, trafique des bons du Trésor déclassés. Marcelle Hugo, la « Panthère blonde », dupe fourreurs et bijoutiers grâce au titre usurpé de marquise. L'indic Lucienne Guilbert, dite « Lulu la territoriale », se fait passer pour une policière. La fausse cartomancienne Blanche Bielle monte une agence informelle de renseignements pour voler de grandes fortunes préoccupées de leur avenir. Anna Bassi, la fausse comtesse italienne, s'offre une vie de luxe aux frais de grands industriels français. La lingère Louise Cazeaux escroque des ecclésiastiques naïfs en leur soutirant subsides et vêtements destinés à d'imaginaires œuvres de bienfaisance. Henriette Rougier, « grosse receleuse », monte des gangs de femmes à son service. La liste est longue de ces escrocs en jupons aux surnoms fleuris…

Comme leurs sœurs d'escroquerie, les trois femmes dont j'ai choisi de raconter la vie ont, chacune à sa manière, fait feu de tout bois pour forcer le destin. Elles forment à elles trois un tableau représentatif de ce qu'ont vécu toutes les arnaqueuses de leur époque, mêlant savoureusement les ingrédients communs à la grande histoire de l'arnaque au féminin : soif de liberté, ambition, revanche, séduction, manipulation, quête de pouvoir, renversement des rapports de domination…

Petite provinciale née tout en bas de l'échelle sociale, Maria, partie de rien, a conquis de haute lutte le surnom de Reine des fourgues dans le Montmartre interlope et masculin des Années folles. D'abord artiste de music-hall courant après son rêve d'échapper à sa condition de fille de manouvriers en devenant une vedette de cabaret, elle s'est finalement trouvé une spécialité : le recel de marchandises. Cette dure à cuire au cœur tendre, gouailleuse et courageuse, a réussi à s'imposer dans le Paris canaille de l'entre-deux-guerres en montant un réseau de voleurs à son service et en faisant de sa boutique, rue Fontaine à Paris, le lieu de rendez-vous de prédilection d'une faune féminine avide de bonnes affaires.

Révoltée contre un système bancaire asservi aux puissants, Marthe, la fille rebelle de commerçants alsaciens, a mis une fausse barbe pour forcer les portes de la Bourse et a réussi en autodidacte à monter un empire de la finance. Épicurienne et boulimique de travail, attirée par les femmes mais dont le plus grand amour sera un homme, provocatrice et visionnaire, elle a mené le combat pour la démocratisation de la spéculation qu'elle tenait pour une forme de justice sociale. La femme était gaie et éminemment sympathique ; la banquière, redoutable et sans pitié. Le 15 juillet 1935, elle se donnait la mort à la prison de Fresnes. Avait-elle été une précurseure de la finance moderne ou un escroc à la Ponzi, réglant de mirifiques et fictifs bénéfices avec l'argent des nouveaux entrants dans le système ? Sans doute un peu les deux. Ce qui est certain, c'est que, devenue la femme à abattre, elle a été engloutie par la collusion de l'époque entre la politique, la grande finance et le système judiciaire.

Mue par ses rêves grandioses de petite fille, Renée, la bourgeoise qui voulait à tout prix devenir noble, a vécu la vie de château en manipulant des hommes pendant vingt ans aux quatre coins de la France. Claude d'Azil, comtesse de Sommery, châtelaine de Neuvic, marquise Rola de Rozycki… Sous de multiples identités, Renée Saffroy a commis une série d'escroqueries et d'abus de confiance dans un tour de France à couper le souffle. Au terme de péripéties qu'un auteur de fiction n'aurait pas osé inventer, traquée par toutes les polices de France, elle a purgé une sévère peine… avant de refaire parler d'elle dans un énième rebondissement dont elle a le secret.

Pour retisser le fil de ces existences tumultueuses, j'ai compulsé toutes les archives disponibles, ouvert des cartons poussiéreux, déterré les dossiers judiciaires, dévoré les minutes de procès et les rapports d'enquêtes, épluché toute la presse de l'entre-deux-guerres. J'ai lu entre les lignes pour saisir les parts d'ombre derrière les faits d'armes, l'ordinaire derrière le saillant, les fragilités derrière les préjugés. Et j'ai choisi de me glisser dans leur peau pour livrer un récit de leur point de vue, à leur hauteur, qui se lit comme un livre d'aventures, avec toute l'action, l'émotion et le suspense que leurs vies romanesques charrient.

Les bâtisseuses, les paysannes, les autrices, les ouvrières, les journalistes, les scientifiques, les exploratrices, les historiennes, les résistantes, les sportives refont surface et prennent peu à peu leur place dans le récit collectif. Les arnaqueuses, elles aussi, méritent de sortir de « l'océan de silence, lié au partage inégal des traces, de la mémoire et, plus encore, de l'Histoire, ce récit qui, si longtemps, a oublié les femmes, comme si, vouées à l'obscurité de la reproduction, inénarrables, elles étaient hors du temps, du moins hors événement[9] ».

L'arnaque n'est certes pas un titre de gloire en soi, pas plus que les arnaqueuses ne sont à proprement parler des féministes. Mais par leur liberté de pensée et d'action, elles ont réfuté les assignations genrées. Par leur refus de se plier aux conventions, elles ont vécu en femmes émancipées. Par leur insoumission aux injonctions, elles ont montré d'autres chemins, ouvert la voie à d'autres possibles.

Maria, Marthe et Renée n'ont pas mené de combat politique, elles n'ont pas revendiqué les droits qui leur étaient refusés : elles les ont pris, quitte à le payer de leur liberté.

Alors que la société exigeait d'elles qu'elles se sacrifient, comme elle l'attend encore des femmes aujourd'hui, elles ont pris au sérieux leurs rêves, se sont battues pour réaliser leurs aspirations et ont avancé, inflexibles, en dépit des rappels à l'ordre des figures d'autorité masculines.

En écoutant ce que ces vies avaient à me raconter, à moi, femme d'une époque où tant de combats pour l'égalité restent à mener, j'ai compris que Maria, Marthe et Renée s'étaient *choisies elles-mêmes*. Un siècle plus tard, pouvoir faire ce choix reste un droit fondamental à conquérir.

---

9. Citation de l'historienne Michelle Perrot dans *Les Femmes ou les silences de l'Histoire. Nouvelle édition*, Paris, Flammarion, 2020, p. 17.

Chapitre premier

Avant l'arnaque

Maria

Hep ! Monsieur, une cigarette !
Une cibiche, ça n'engage à rien,
Si je te plais, on fera la causette,
T'es gentil, t'as l'air d'un bon chien.

Tu serais moche, ça serait la même chose,
Je te dirais quand même que t'es beau,
Pour avoir, t'en devines bien la cause,
Ce que je te demande, une pipe, un mégot…

Une brusque tape sur l'épaule fit sursauter Maria. « T'es bien dans la lune ce soir, dis ! » Lulu partit d'un rire gras, contente de son effet, tandis que Maria grommelait entre ses dents. Quelle poisse de l'avoir sur les basques, celle-là ! Elle se serait bien passée qu'on les voie ensemble… La grosse Lulu avait beau se prétendre artiste lyrique, elle était surtout connue pour trafiquer de la coco dans tout ce que Montmartre comptait de cabarets… En faisant à demi semblant de l'écouter pérorer, Maria ne quittait pas des yeux la vedette du soir, Hélène. Jeune, bien en chair, l'air boudeur, la voix de contralto un peu forcée… À dire vrai, c'était elle, Maria, qu'elle voyait. Trente ans plus tôt.

En descendant son verre, elle se transporta à La Scala, l'élégant music-hall du boulevard de Strasbourg. Elle plissa les yeux. Oui, c'était bien elle, Maria Darcy, que le public applaudissait. Quel était cet air qu'elle chantait ? Avec le temps, le passé se déformait. À croire qu'il n'avait jamais existé.

Dans le miroir dépoli derrière le bar, Maria croisa le reflet de son visage boursouflé. Elle n'avait certes plus la gueule de l'emploi mais elle ne les avait pas rêvés, ses succès ! Le grand Nadar lui-même l'avait immortalisée ! Sur le tirage qu'elle avait précieusement gardé, l'œil est vif, le visage lisse, le cou tendre, la poitrine fière… Une chose n'a pas changé : c'est la même robustesse qui émane de la Maria que trente années séparent.

C'est qu'il en fallait, pour tenir dans le milieu du music-hall ! L'énergie qu'elle allait puiser, toujours plus profond, pour décrocher des cachets… La confiance en l'avenir qu'on devait agripper de toutes ses forces alors qu'on ne savait jamais de quoi le lendemain serait fait… Mais Maria n'avait pas de regret. Qu'est-ce qu'elle aurait pu faire d'autre ? Le music-hall, c'était le métier de ceux qui n'en avaient appris aucun mais qui avaient des ambitions. Et sa première ambition avait été de quitter Vesoul, la ville où elle était née le 26 février 1857 sous le nom d'Annette Vincent, fille de Claude et Jeanne Vincent, manouvriers.

La petite Annette n'avait pas fait long feu sur les bancs de l'école. L'École, cet endroit où les adultes avaient les mains blanches et le dos bien droit, cet ailleurs où des mots nouveaux et impressionnants étaient prononcés sans accent, ce lieu où tout lui était étranger. À douze ans, elle prenait tous les matins le chemin du petit atelier de couture où ses parents l'envoyaient pour compléter leur misérable salaire journalier. Travailler durement pour gagner trois sous, voilà ce à quoi se résumait l'existence de ces besogneux, occupés treize heures par jour à surveiller le bétail, transporter les foins, nettoyer les étables, mettre les bois en fagots, faire les travaux de terrassement… Un labeur sans fin, tous les jours que Dieu fait.

Maria se rappelait les mains déformées de sa mère, l'échine voûtée de son père. Elle revoyait leur mine éreintée après les rudes journées, leur air inquiet quand une tempête les clouait à la maison ou que la fièvre empêchait l'un d'eux de louer la force de ses bras. Un toit sur la tête, un lit où dormir, à manger dans l'assiette et si possible un travail à l'abri du vent et de la pluie : c'était là tout ce qu'ils espéraient pour leur fille unique.

Un jour, sur le chemin de l'atelier, Annette avait croisé des gens qu'elle n'avait jamais vus jusqu'alors, transportant chacun un drôle d'instrument. Ils riaient, parlaient fort, se bousculaient joyeusement… En passant à sa hauteur, ils avaient fait un grand signe de la main à la petite fille, qui s'était retournée pour les regarder s'éloigner. Le lendemain, ses parents l'avaient emmenée sur la grande place de Vesoul pour aller voir jouer les « saltimbanques ». Plus ils s'approchaient, plus un vacarme de musique et de chants montait. Un grand cercle s'était formé et, au milieu… oui, c'étaient bien eux : les inconnus qui l'avaient saluée ! La foule tapait dans ses mains et s'esclaffait. Pour la première fois, Annette avait vu ses parents s'amuser. Quelques jours plus tard, la troupe était repartie comme elle était arrivée, emportant ses instruments et sa gaieté.

Dès lors, elle n'eut plus qu'une idée en tête : devenir saltimbanque, elle aussi. Les jours de foire et les soirs de bal, Annette se mettait dans le gosier toutes les fins de verres qu'elle pouvait trouver et, échauffée par le guignolet, on la voyait tout à coup improviser des numéros de chant et de danse endiablés, les pommettes rouges et la voix rauque. Ah, elle s'en donnait à cœur joie ! Tous les yeux étaient rivés sur elle et, l'espace d'un instant, elle était la petite vedette de Vesoul. Monter sur scène, chanter, danser, jouer la comédie : ça, c'était une vie ! Pour faire carrière, provoquer sa chance, forcer le destin, elle se sentait prête à tout.

Les années qui la séparaient de son rêve lui parurent durer une éternité, mais le jour de quitter Vesoul arriva enfin. Grâce à quelques sous patiemment économisés, elle prit le train en troisième classe et commença une vie d'errance, de taverne en cabaret, de tripot en café-concert. Chalon, Dijon, Belfort, Mulhouse, Strasbourg… Partout, elle frappait aux portes, proposait ses services. Elle n'était plus Annette Vincent, une quelconque fille de manouvriers, mais Maria Darcy, une artiste promise au succès. Son nom de scène avait surgi dans son esprit comme s'il lui était destiné.

Parfois, on voulait bien lui donner sa chance. Le patron du café lui montrait alors du doigt une petite estrade en bois entourée de quelques chaises. Tu parles d'une scène ! Mais Maria montait et se mettait à chanter les airs populaires du moment, d'une voix chancelante d'abord puis de plus en plus assurée. Les têtes se tournaient vers elle, quelques ouvriers levaient leur verre pour l'encourager.

La plupart du temps, elle ne se faisait pas payer et négociait seulement le gîte et le couvert en échange de son tour de chant. Quelquefois, un homme lui prenait une chambre pour la nuit. D'autres fois encore, elle quittait l'hôtel avant l'aube sans régler son dû. Ce n'était pas exactement ce qu'elle avait imaginé, mais Maria était têtue et continuait à promener sa jeunesse, son énergie et sa foi en l'avenir de ville en ville, d'hôtels miteux en gares glaciales. Après tout, commencer au bas de l'échelle et finir en haut de l'affiche, d'autres l'avaient fait avant elle ! Maria s'imaginait marcher sur les pas de la grande Thérésa, cette fille de province partie de rien et qui se produisait maintenant en diva à L'Alcazar, à La Gaîté, à L'Alhambra…

À force de ténacité, elle avait décroché quelques remplacements dans des cabarets puis, pendant quelque temps, avait gagné quelques sous grâce à des comédinettes, parodies et autres bouffonneries. Elle jouait des domestiques et des bourgeoises, des femmes trompées et des maîtresses courtisées, des soubrettes et des divas. Une fois, elle avait fait une tournée de quarante jours, avec trois pièces dans la même soirée. D'abord elle faisait la bonne qui met le couvert, puis une jeune fille mariée contre son gré qui pleure tout le temps et, pour finir, une vieille paysanne qui dit ses vérités à tout le monde.

Dans les périodes de vaches maigres, elle disait oui à des cachets de famine. « Si on savait ce que j'ai accepté cette fois-ci, je serais perdue de réputation. Ma parole, ils croient qu'on ne mange pas, dans ce métier ! » Repos, tranquillité, sécurité : pour Maria, ces mots n'avaient aucune espèce de réalité. Parfois, bercée par le cahot d'un énième trajet en troisième classe, elle se disait qu'elle était une vagabonde. Une vagabonde du music-hall, une vagabonde de l'existence. Mais au moins, cette vie, elle l'avait choisie.

Elle rencontra Marcel, un vieux ténor usé, les joues fendues de rides, capable de jouer aussi bien la tragédie que le vaudeville.

Denise, qui enrageait de n'avoir que des demi-rôles tandis que d'autres, parties comme elle du fond du ruisseau, et moins talentueuses avec ça, roulaient en carrosse.

Albert l'efféminé, chancelant sur ses longues jambes de flamant rose mais dont les petits yeux vifs vous fixaient comme ceux d'un serpent.

Justine, la petite « tour de chant », celle qui se traînait une éternelle poisse, qui perdait sa malle de costumes dans le train, qui tombait malade comme un chien le soir d'une première.

Entre eux, ils se plaignaient bruyamment, ils en rajoutaient, comme pour faire de leur malheur une parodie. « Cochon de métier ! » « Saloperie de vie ! » Mais dans le fond, ils étaient coriaces et fiers, heureux d'exister ne serait-ce qu'une heure sur vingt-quatre dans le regard du public. Le public, parlons-en… On ne pouvait jamais dire à l'avance s'il se déplacerait, comment il réagirait. Plus les clients étaient saouls, moins on savait comment la soirée se terminerait. Parfois, il y avait un de ces mondes le samedi ! Mais qu'est-ce que ça pouvait bien lui faire, elle ne touchait pas sur la recette.

Et puis, quand elle avait eu économisé quelques sous, Maria était montée à Paris, prête à rencontrer son destin.

Paris ! Elle l'avait tant rêvée, et voilà qu'elle y était. Elle arpenta la ville à s'en donner le tournis. Paris vue du trottoir, ses fiacres, ses voitures de livraison, ses tramways, ses chevaux, ses vélocipèdes, ses omnibus, tous ces engins ignorants les piétons. Paris vue d'en haut, ses milliers d'immeubles, de fenêtres et de toits, et cette fourmilière d'humains agités d'inquiétudes et d'espoirs. Paris vue d'en bas, ses escrocs, ses malfrats, la basse pègre, les apaches. Le bruit, la foule, la vitesse, le danger…

Elle s'était dégoté un petit logement sous les toits, une cambuse sombre, glaciale l'hiver, étouffante l'été. Le poêle tirait mal, l'éclairage faisait des siennes, le poste d'eau et les commodités se disputaient un maigre espace au fond d'un couloir sale, mais qu'importaient ces détails à une future étoile du music-hall ?

Elle s'était accrochée et, de rencontres en petits cachets, ce qu'elle osait à peine rêver était arrivé : elle avait été engagée à La Scala, le café-concert le plus couru de Paris. Comme elles semblaient loin, les estrades de province… La salle était comble chaque soir. En coulisses, la rumeur bruissait : « Le chroniqueur du *Petit Parisien* est dans le public ! » Le temps d'une saison bénie, Maria avait mené la grande vie. Qu'il était bon, de boire et manger sans compter, de flâner à son gré, de dormir sans s'inquiéter de ce que le lendemain vous réservait… Elle regardait parfois les boucles d'oreilles en strass qu'elle s'était offertes la première fois qu'elle était allée au Bon Marché.

Et puis son ascension parisienne était retombée comme un soufflet. À quoi, à qui la faute ? Maria ne savait pas s'il fallait blâmer l'accent de Vesoul dont elle n'avait jamais réussi à se dépêtrer, la concurrence des jeunettes prêtes à tout exhiber pour décrocher un cachet, ou juste une poisseuse malchance. Elle avait encore tenté sa chance dans les cabarets qui poussaient comme des champignons à Montmartre, La Taverne du bagne, celle des Truands, et Le Néant, L'Enfer, Le Ciel… Mais le cœur n'y était plus. Au tournant du siècle, la quarantaine largement dépassée, Maria avait dû se résigner : elle ne serait jamais une star du music-hall. Sa chair se flétrissait comme une vieille rose, ses articulations la faisaient grincer. Elle devait faire une croix sur le passé et trouver à se relancer. Cocotte, gigolette, demi-mondaine, comme ces artistes ratées dont Paris regorgeait ? Jamais ! Maria voulait rester aux commandes de son existence.

Alors elle avait ouvert un petit magasin de marchandises à la toilette, rue Fontaine, qu'elle avait sobrement appelé Chez Maria. Grâce à ses relations dans le music-hall, elle s'était procuré des robes de soirée chics et des tenues extravagantes, et puis peu à peu sa boutique s'était remplie d'occasions : paletots, costumes, chapeaux garnis, dentelles, linges fins, et même porcelaines… Chez Maria, on trouvait de tout et, si on tombait bien, on pouvait faire des affaires. Par exemple l'eau de Cologne, et de qualité supérieure avec ça : 2 francs le litre ! Bien sûr, pour proposer ce genre de rabais, il fallait trouver des fournisseurs qui avaient les bons filons. Cette fois-là, elle avait fait affaire avec un garçon pharmacien, à qui elle passait des commandes raisonnables – quelques flacons subtilisés avaient toutes les chances de passer inaperçus, entre l'inévitable casse, les petits vols quotidiens, les registres pas toujours très bien tenus… Mais le bougre n'était pas très malin et n'en avait fait qu'à sa tête. Les yeux plus gros que le ventre, il s'était mis à rapiner sans compter. Son patron avait fini par s'apercevoir de ses combines, le garçon pharmacien avait parlé et Maria avait fait un séjour de quelques semaines en prison… Mais si c'était le prix à payer, elle l'acceptait. Il fallait bien vivre !

La guerre lui avait apporté un peu de paix. Avec tous ces espions allemands, déserteurs et profiteurs de guerre, la police avait autre chose à faire que de pourchasser les gens comme elle, citoyens anonymes qui ne faisaient qu'essayer de s'en sortir.

*

Sur la scène du cabaret dont la température n'en finissait pas de grimper, Hélène envoya au public ses deux derniers couplets, les plus grivois. Les rires fusèrent, les clients en redemandèrent, mais la vedette s'éclipsa. Maria savait qu'elle ne reviendrait pas, elle avait assez donné pour ce soir. À la fin de son numéro, Hélène lui faisait penser à la laveuse qui venait de jeter sa charge de linge savonné. Couverte à peine d'une chemise humide et d'une culotte de soie, elle venait boire au comptoir, penchée sur son verre comme un homme après l'usine. Son masque de poudre trop blanche, avec son rose vif aux joues, lui donnait un air de poupon à qui on aurait barbouillé les lèvres de rouge et les paupières de vert. « Je suis maquillée pour la vie ! Avec ça, je peux me payer le luxe d'être malade ou d'avoir les yeux fatigués, c'est bien commode, non ? » C'était une solide fille du peuple, Hélène. Elle n'était ni chanteuse ni danseuse, disait-elle, juste une « petite femme qui chante et qui danse ». Ouvrière dans une fabrique d'obus pendant la guerre, elle avait débuté dans une revue la saison dernière. Depuis, elle enchaînait les scènes pour « gagner sa vie ».

« C'est pas la gloire que je veux, moi, Maria, c'est la liberté ! Un mari, un foyer, pour quoi faire ? La bonniche à domicile ? Toutes ces femmes qui ont travaillé dans les ateliers, les bureaux, les usines… Si elles n'ont pas prouvé qu'elles sont capables de gagner leurs sous, et même de vivre sans hommes si ça leur chante ! Et maintenant que la guerre est terminée, ces messieurs voudraient nous renvoyer au foyer ! Procréer comme des poules pondeuses, voilà ce qu'on attend de nous ! Eh ben moi je te le dis Maria, je préfère encore crever ! »

Maria n'aurait pas dit mieux. Des hommes, elle en avait connu, bien sûr… Une nuit, une semaine, rarement plus. La plupart de ceux qui la désiraient la quittaient sans un regard aussitôt leur appétit rassasié. Elle ne se plaignait pas, ne réclamait rien, au fond c'était bien ainsi : elle n'avait pas grand-chose de plus à leur offrir que son corps. Certaines de ses amies se mettaient en ménage et rompaient avec la scène à jamais. Elle secouait la tête en les imaginant en habits d'intérieur, touillant le potage pendant que Monsieur lisait le journal du soir. Quelle tristesse. Maria tenait plus que tout à sa liberté.

Le cabaret s'était peu à peu vidé, il restait surtout quelques habitués. Hélène était finalement partie se rhabiller, Lulu se trouvait en grande conversation avec deux hommes, sans doute des Marseillais. Depuis quelque temps, elle se déplaçait dans un cabriolet flambant neuf et, quand elle était bien lunée, payait des tournées de champagne… Elle menait grand train, la coquine ! Maria descendit cul sec la fin de son verre et s'apprêtait à partir quand elle vit Alfred, dit le Banquier, s'approcher. Elle n'était pas bien sûre de savoir ce qu'il faisait de sa vie mais, pour lui aussi, les affaires avaient l'air de sacrément bien marcher.

« Eh, c'est bien la Maria qui est là ! File pas si vite, la prochaine tournée est pour moi.

– À pareille heure, je connais que mon lit. Mais puisque tu insistes, mets-moi une fine.

– C'est parti pour deux fines ! À vrai dire, ça tombe bien que tu sois là, Maria. J'ai à te causer d'une affaire qui va rudement t'intéresser… »

Marthe

Un petit homme grassouillet et barbu monta en hâte les marches du palais de la Bourse. Comme toujours entre les murs de ce temple de la finance, l'ambiance était survoltée. Des hommes gesticulaient comme des possédés. À l'appel d'un titre, certains criaient « J'ai ! » et faisaient mine de jeter le titre au sol ; en réponse, d'autres vociféraient « Je prends ! », joignant le geste à la parole. Des commis couraient dans tous les sens, brandissaient des télégrammes, revenaient essoufflés du bureau de poste du sous-sol avec des ordres de Londres, Amsterdam, New York… Un commis en nage inscrivait tant bien que mal les cotes sur un énorme tableau en hauteur que des centaines d'yeux fixaient d'un air anxieux.

Un peu à l'écart, Marthe observait la tournure que prenaient les événements. Sa fausse barbe lui collait désagréablement à la peau, des perles de sueur s'étaient formées sur son front. Dire qu'à peine deux heures auparavant, elle s'abandonnait aux mains expertes de Germaine… Sa masseuse, comme à son habitude, lui faisait le récit circonstancié des potins colportés par ses clientes. L'esprit de Marthe divaguait lorsque soudain son cerveau avait capté des mots qui l'avaient mise en alerte : Compagnie de Suez, obligations, Bourse…

« Vous pouvez répéter Germaine, s'il vous plaît ? lui avait-elle demandé.

– Mais oui, madame Hanau ! Je me demandais si vous pourriez me donner un conseil. J'ai quelques économies placées et il se trouve qu'une de mes clientes, une avocate de la Compagnie de Suez, m'a dit pas plus tard qu'hier que la Compagnie allait gagner son procès contre ses obligataires. Ils veulent être payés en francs-or parce que leurs titres portent la mention "payable en franc" et datent du temps où le franc était d'or. Et cette cliente me dit que le substitut est à présent convaincu que les obligataires… Comment elle m'a dit déjà ? Ah oui ! "Les obligataires courent le risque des fluctuations monétaires et seront donc remboursés en francs d'aujourd'hui." Est-ce qu'il ne faudrait pas que je vende mes obligations ? »

Le sang de Marthe n'avait fait qu'un tour. Elle avait dégringolé du lit où elle se faisait masser et s'était précipitée pour appeler Pigoreau, son courtier : « Pigoreau, une mission de toute urgence ! Vendez toutes nos obligations Suez en portefeuille, vendez-en aussi à découvert, tout ce que vous pourrez ! En parallèle, achetez toutes les actions Suez qui se présenteront à la vente, un maximum ! Tout ça jusqu'à la dernière édition du *Paris-Midi.* »

Dans la foulée, elle avait joint son ex-mari et associé, Lazare, et lui avait donné ses instructions : suivre les opérations menées par l'agent de change et lui mettre la pression, prévenir les amis pour qu'ils vendent leurs obligations Suez. Elle rappellerait à deux heures précises.

« D'accord, d'accord, mais tu peux m'expliquer, Marthe ?

– On n'a pas beaucoup de temps. En deux mots : selon mes informations, le Tribunal va se prononcer en fin de matinée contre la demande des obligataires de la Compagnie de Suez d'être remboursés en francs-or. Ils seront remboursés en francs courants.

– Donc les obligations vont chuter…

– Oui ! Et la Compagnie va considérablement alléger sa dette…

– Donc les actions vont grimper…

– Voilà ! Surtout, pas un mot à qui que ce soit. »

Sous la coupole de la Bourse, Marthe observa Lazare qui s'affairait, bedaine déployée. Elle essayait de faire taire la petite voix intérieure qui lui glissait : *Et si Germaine avait mal compris ? Et si le substitut du procureur avait changé d'avis ? Et si les obligataires gagnaient leur procès ?* De toute façon, les dés étaient jetés. *Respire, va t'installer à la terrasse d'un café, quitte ce lieu avant de te faire démasquer, ce n'est vraiment pas le moment…* s'enjoignit-elle en replaçant discrètement sa fausse barbe.

*

La première fois qu'elle s'était grimée pour entrer dans ce temple exclusivement masculin, Marthe avait ressenti un frisson d'excitation qui l'avait immédiatement replongée en enfance. Toute petite déjà, elle aimait se glisser dans d'autres peaux – explorateurs, chefs d'orchestre, généraux en conquête… Se déguiser en femme, quel ennui ! C'était peu dire que Marthe ne s'était jamais sentie à l'aise dans le rôle de petite fille modèle que s'échinait à vouloir lui faire jouer sa mère – « Souris, fais des manières, sois polie, obéissante, gentille… » Sa nature l'inclinait au contraire à parler fort et à rire à gorge déployée, à chaparder et à courir dépenaillée et, plus largement, à faire tout ce qu'on lui interdisait. Un jour, sa mère l'avait surprise avec un panama sur la tête et un cigare au bec. Ulcérée, elle avait rapporté la scène à son père, qui avait adressé à sa fille un regard complice, sourire triste en coin. Pouvait-on imaginer couple plus mal assorti que celui formé par ses parents ? Tous deux étaient de petits commerçants israélites qui tenaient boutique au 135, boulevard de Clichy. « La Layette à 8,45 f » était un fourre-tout sur lequel régnait sa mère d'une main de fer, traitant son mari en vulgaire employé. Acharnée au travail, au gain, à l'épargne, Lucie Hanau menait une vie parfaitement réglée que Marthe avait très tôt abhorrée. Qu'elle n'était pas faite pour la joie, cette mère autoritaire ! Le père de Marthe était l'exact opposé : séduisant et séducteur, rêveur, léger, fantaisiste… Autant sa mère parlait le moins possible – elle employait les mots pour donner des ordres ou faire des reproches –, autant son père aimait se lancer dans de longues diatribes, tantôt drôles, tantôt nostalgiques, parfois lyriques. Installée sur ses genoux, Marthe lui demandait encore et encore de lui raconter comment, bien avant sa naissance, il avait quitté l'Alsace à pied, balluchon sur l'épaule, « pour ne pas devenir allemand ». Il lui avait transmis la révolte contre la petite bourgeoisie et son esprit étriqué, sa soumission à l'argent, sa fascination pour la réputation… À sa fille, dont il voyait les penchants anticonventionnels s'affirmer, il disait de résister, de ne pas se laisser écraser. « Fais-toi confiance, assume tes audaces ! Le monde va te sourire, Marthe, crois-moi ! » Elle le croyait.

Et puis une maladie, mystérieuse et innommée, avait rendu ataxique ce père adoré. Marthe l'avait vu perdre peu à peu ses moyens – ses gestes étaient de plus en plus maladroits, ses yeux s'agitaient de manière incontrôlée. Elle ne pouvait pas s'empêcher de penser que c'était sa mère qui, à force de brimades, l'avait détraqué.

À l'adolescence, Marthe avait décidé qu'elle voulait devenir pianiste. Musicien talentueux, son père lui avait donné très tôt le goût de la musique classique. Depuis, Mozart, Ravel et Wagner accompagnaient ses rêves d'aventure et de grandeur, loin de l'étau maternel qui l'étouffait comme un corset. C'était compter sans la petitesse d'esprit de Lucie Hanau qui voyait le conservatoire comme un « mauvais lieu » et n'avait que mépris pour la « vie d'artiste » : « Musicienne, voilà autre chose ! Décidément ma fille, tu n'es jamais à court d'idées saugrenues ! N'as-tu pas remarqué que je travaille d'arrache-pied pour faire vivre un commerce qui, ma foi, se porte plutôt bien ? Il ne te viendrait pas à l'idée de m'aider ? » Dès que sa fille eut son brevet en poche, Lucie l'obligea à travailler avec elle à La Layette. Soit ! Elle allait lui en faire baver.

Plus garçonne que jamais, Marthe l'écorchée s'habillait comme un homme, fumait comme un pompier, conduisait de grosses voitures, et il se disait à voix de moins en moins basse qu'elle donnait des rendez-vous galants à des femmes… Le jour où elle avait ouvertement convolé avec une vendeuse de la boutique familiale, sa mère, à bout de nerfs, avait décidé que la situation ne pouvait plus durer. Elle avait arrangé une rencontre avec un homme d'affaires issu d'une famille d'industriels lillois, Lazare Bloch. Pas beau, hâbleur, à la limite du ridicule. Mais atypique et antifamille, ce qui avait tout de suite plu à Marthe. La jeune femme avait posé ses conditions : il n'y aurait entre eux ni enfants ni pantouflage ménager. Un mariage, d'accord, mais compris avant tout comme une union d'intérêts dans laquelle chacun resterait maître de son existence… Lazare avait accepté sans sourciller. Elle avait vingt-deux ans, il en avait huit de plus, ils s'étaient mariés sans délai et avaient repris une entreprise de toile de jute à Lille, Les Comptoirs des textiles du Nord. L'affaire avait vite périclité, tout comme leur vie commune avait été de courte durée : deux ans, au bout desquels ils s'étaient séparés tout en sachant qu'un compagnonnage de long terme était né. Ces quelques mois leur avaient appris à se connaître et une complicité affectueuse était née. Marthe avait découvert en Lazare un être attachant, naviguant aux limites des lois et de la société. Il était atteint par le virus du jeu et s'était révélé un piètre capitaine d'affaires mais il était drôle, malin, et jamais à court d'idées. Et puis il avait tout de suite voué un culte démesuré à Marthe, dont il percevait la sensibilité peu commune derrière les manières viriles et en qui il voyait une partenaire d'affaires redoutablement brillante. Lazare serait le comparse, parfois embarrassant mais toujours loyal, de toute une vie.

Il ne s'était pas formalisé quand elle lui avait présenté, quelque temps après leur séparation, une jeune fille svelte et réservée, son premier vrai amour : Delphine, dont le père, un joaillier de la rue de la Paix, ornait les décolletés et les vitrines des aristocrates parisiens. Marthe l'avait aussitôt rebaptisée Josèphe, prénom ambigu qui lui semblait parfaitement seoir à sa riche amante.

L'argent, les affaires, l'amour… Dans sa vie, tout serait toujours intimement lié, Marthe, déjà, le pressentait.

Avec les fonds procurés par Josèphe, pour qui amour et générosité se confondaient, et grâce aux connaissances en chimie de Lazare, ingénieur de formation, elle avait fondé une petite usine de parfumerie aux Lilas. Marthe se voulait pionnière : le parfum était vendu sous forme de poudre compacte, que les femmes modernes, celles qui désertaient le foyer pour travailler, pouvaient facilement transporter dans leur sac à main.

Quand la guerre avait éclaté, Josèphe, l'amoureuse devenue secrétaire-associée, s'était réfugiée à New York avec sa famille et Lazare, qui s'était fait réformer, avait décidé d'adapter l'activité de l'usine aux préoccupations du moment : en plein conflit, il fallait soutenir les combattants français ! Le « tube du soldat » était né, mélange de café et de rhum qui était, si l'on en croyait l'étiquette, une liqueur miracle capable de stériliser l'eau et de requinquer l'homme. Sauf que le tribunal de la Seine s'en était mêlé et avait ordonné des analyses, qui montraient qu'il y avait tromperie sur la nature de la marchandise… Quand elle avait reçu l'assignation à comparaître, accusée au même titre que Lazare d'« escroquerie patriotique », Marthe s'était lancée sur les routes au volant de sa torpédo, furieuse de voir son nom associé à la fraude de gagne-petit de celui qui était, légalement, toujours son mari. Elle s'était réveillée, les os brisés, à la clinique de la Malmaison. On lui avait dit qu'elle avait heurté un camion militaire. Qu'elle souffrait de commotion cérébrale. Marthe ne se souvenait de rien, ni de l'accident ni de son passé. Devant cette mystérieuse amnésie, on lui avait proposé un traitement inspiré d'un homme qui, depuis quelque temps, secouait le monde des médecins de l'esprit : un certain Sigmund Freud. Marthe, en curieuse assoiffée, s'était mise à lire tout ce qu'elle pouvait trouver sur cette nouvelle discipline qui portait le nom de « psychoanalyse ». Et pour tout dire, l'idée d'expérimenter un traitement d'un genre nouveau, inspiré de surcroît d'un Autrichien qui faisait jaser, lui plaisait.

Pendant plusieurs semaines, un tout jeune psychiatre avait entrepris de disséquer son passé, dans lequel se trouvaient selon lui les clés de son étrange personnalité. La haine d'une mère castratrice, l'amour immodéré pour un père traité en inférieur, voilà ce qui l'avait éloignée de la voie d'ordinaire réservée aux filles et expliquait toutes ses excentricités : sa volonté de puissance, son attitude virile, son goût pour les femmes, sa tendresse pour les hommes fragiles… Au fil des semaines, la mémoire lui était revenue, jusqu'à recomposer le puzzle en entier.

À la fin de la guerre, Marthe retrouva celle qu'elle brûlait de revoir depuis qu'elle avait recouvré la mémoire : Josèphe, qui descendit du paquebot mariée à un homme d'affaires américain et deux fois mère. À ces détails près, leur liaison reprit là où elle s'était arrêtée. Elles vivaient séparées – Josèphe au parc Monceau, Marthe avenue Victor-Hugo – mais s'affichaient partout ensemble, toutes deux en tailleurs stricts et longs fume-cigarettes précieux. Au Bœuf sur le toit, le temple de la fête le plus en vogue de Paris où Cocteau les accueillait comme les reines de la soirée, Marthe plongeait avec volupté dans ce vacarme de trompettes et de saxophones, ce grouillement d'êtres bigarrés, petits noceurs, commerçants, artistes, mondains, académiciens, ministres, littérateurs, mannequins, millionnaires et décavés. Elle se laissait porter par le rythme sauvage de la musique qui semblait de plus en plus ivre au fil de la soirée. « Si ma mère me voyait… » pensait-elle en laissant son grand rire éclater.

Le business, aussi, avait repris après le conflit : l'argent de Josèphe avait ressuscité les moribonds Comptoirs des textiles du Nord, l'affaire que Lazare et elle avaient tenté de faire fructifier quelques années plus tôt. Cette fois, avait promis Marthe à son amante qui craignait que l'ex-mari dilapide toute sa mise, elle tiendrait seule la barre.

Mais, en vérité, Marthe ne se rêvait pas en capitaine d'industrie. Non, c'était dans le petit monde de ceux qui tenaient les rênes de la finance qu'elle voulait pénétrer. Par effraction, s'il le fallait.

Depuis la fin de la guerre, Marthe sentait monter l'inexorable puissance de la Bourse. L'inflation galopait, la rentabilité des investissements traditionnels – les obligations, et même l'immobilier – était en berne. Les bas de laine des Français s'effilochaient au gré des inflations et des dévaluations. La vie était de plus en plus chère, le pouvoir d'achat fondait comme neige au soleil. Comment ne pas être frappé par le nombre croissant de Français qui craignaient, et à raison, d'être déclassés ? Les petits rentiers se battaient contre la ruine. Les petits-bourgeois, médecins de campagne, artistes, boutiquiers, employés du public comme du privé... tous étaient pris par la folie boursicotière. Même quelques ouvriers parisiens s'y mettaient ! Quelle alternative restait-il à ce peuple de Français moyens ? Parier leur capital ou sombrer ! Marthe en était convaincue : ils seraient de plus en plus nombreux à se lancer à l'assaut de la spéculation. Et la Bourse avait besoin d'eux ! Si peu d'investisseurs institutionnels, et tant d'aspirants spéculateurs qui ne demandaient qu'à prendre leur part de cet énorme gâteau que se partageait une poignée de riches capitalistes... Pour aiguiller la masse des petits épargnants qui se lançaient à l'aveugle dans ce jeu aussi neuf que risqué, il fallait des professionnels, des gens qui les rassurent, les orientent, les conseillent. Marthe voulait être de ceux-là. La meilleure de ceux-là.

Il y avait peu, elle ne connaissait rien à la finance. Mais ce qui était un obstacle pour le commun des mortels ne l'était pas pour elle, Marthe le savait. Elle connaissait ses forces : sa capacité de travail, sa rapidité d'esprit, sa mémoire stupéfiante, son insatiable désir de comprendre. La Bourse est interdite aux femmes ? Qu'à cela ne tienne, elle se ferait homme ! La fortune sourit aux audacieux, elle avait retenu la leçon de son père. Tous les jours ou presque, à l'heure des séances, elle déjeunait au Caneton, un restaurant chic fréquenté par des spéculateurs professionnels. Les grouillots, porteurs de cours et d'ordres, allaient et venaient, plus nombreux, plus pressés que les serveurs. Ils admiraient les nappes damassées, l'habit des maîtres d'hôtel, rêvant sans doute de revenir ici en patrons. Petit à petit, à force d'observer, d'écouter, elle avait appris les codes et les astuces du milieu, acquis des connaissances, tissé son réseau à la manière consciencieuse et patiente d'une araignée. Et elle s'était lancée. Depuis plusieurs mois, Marthe animait des titres, de plus en plus de titres, pour le compte de sociétés. Un jeu dont elle ne pouvait plus se passer, dans lequel tous les moyens étaient bons pour créer un climat de confiance autour d'une valeur boursière et inciter les épargnants à miser sur elle : les entrefilets dans les journaux, la rumeur, le bouche-à-oreille… C'est bien simple : elle y excellait. Au point que son nom s'était répandu à vitesse grand V dans les milieux autorisés. Marthe Hanau… Une femme, dans la finance ? Une Alsacienne de surcroît, juive par-dessus le marché ! On la regardait de haut, on lui riait au nez. La plupart des financiers la trouvaient prétentieuse, louche, et même dangereuse. Elle connaissait le credo des agents de change : « Une femme qui gère son portefeuille est une forte tête ; une femme qui gère celui des autres est une aventurière. » Soit ! C'était exactement ainsi qu'elle se voyait. À la voir briller, pensait-elle, ils finiraient par s'habituer…

L'un d'eux l'avait observée afficher sa réussite, avec mépris d'abord, puis de plus en plus d'intérêt : le père de Josèphe. Le joaillier avait beau avoir en horreur la relation de Marthe avec sa fille, si distinguée, il était bien obligé de reconnaître que cette femme cavalière et boulotte était éblouissante de succès, et qu'il serait judicieux de la ménager. Un pari sur l'avenir, en quelque sorte… Il avait accepté de lui faire rencontrer l'un de ses clients et amis, un homme considérable : Léonard Rosenthal, surnommé le Roi de la perle. Marthe avait mis toute son énergie à charmer ce philanthrope, un humaniste libéral qui avait ses entrées partout et qui ne cachait pas ses velléités d'influence toujours plus grandes… Et comme toujours, ses efforts avaient payé : Rosenthal lui avait confié le lancement en Bourse des titres de la Compagnie minière des pétroles de Madagascar.

Quand elle avait su qu'elle avait gagné sa confiance, Marthe lui avait soumis une idée chère à son cœur, un projet qu'il lui semblait urgent de concrétiser : la création d'un journal entièrement dédié à lancer et soutenir des titres boursiers. Une gazette dirigée par des personnalités incontestées, qui orienterait les lecteurs vers les valeurs qu'ils voudraient voir monter, et défendrait avec acharnement la stabilité du franc. Car Marthe s'était forgé une conviction, qu'elle déclamait comme une imparable démonstration : la stabilité de la monnaie, dont dépend l'expansion financière de tout pays, est la condition pour que les petits épargnants investissent. Tout spéculateur sensé doit donc lutter sans relâche pour la stabilité de la monnaie.

La gazette dont elle rêvait prônerait, numéro après numéro, la démocratisation de la spéculation. Et elle ne se contenterait pas de grands mots : elle mettrait la finance à la portée des petits épargnants. Une idée géniale au service d'un idéal, celui de l'abondance généralisée !

Ce projet fou, passionnément porté par cette petite femme d'acier, avait immédiatement enthousiasmé Léonard Rosenthal. Il lui avait soumis deux noms, ceux de deux hommes qu'il voulait lui faire rencontrer. Elle s'était soigneusement renseignée : le comte de Courville, polytechnicien et administrateur des mines du Creusot, était un esprit brillant et raffiné. Charles Bertrand, incarnation parfaite de l'ancien combattant œuvrant pour les survivants, député de la Seine depuis 1919, prônait le patriotisme financier et voulait solder la lutte des classes par une abondance généralisée : c'était précisément ce en quoi Marthe croyait, elle qui voulait démocratiser, par tous les moyens, la spéculation financière ! Elle avait tout de suite pressenti que l'un comme l'autre pourraient être de précieux alliés dans son projet.

Au Maxim's, le restaurant art-déco où avait lieu la rencontre, Marthe arriva sûre d'elle, préparée, prête à convaincre et charmer. On parla de tout et de rien – elle découvrit que Courville était capable de discuter de jazz pendant des heures, et que Bertrand avait fait partie de la joyeuse bande qui avait lancé le Maxim's – puis, n'y tenant plus, Marthe passa au sujet qu'elle brûlait d'aborder : « La France est sortie victorieuse de la dernière guerre ! Pourquoi le franc serait-il vaincu ? Messieurs, vous êtes tout aussi conscients que moi de la gravité du moment. La victoire financière ne sera acquise qu'avec le concours de tous, sans distinction de classe ni d'opinion. Il faut que chacun apporte sa contribution à l'œuvre commune. Il faut s'unir pour être forts, s'allier pour peser ! Cette union sera réalisée par *La Gazette du franc* qui sera créée dans ce but… »

La partie fut d'une facilité presque décevante. Non seulement les deux hommes croyaient autant qu'elle en la nécessité de ce projet, mais ils voulaient prendre toute leur part dans l'aventure. À la fin du dîner, on fit tinter les coupes pour trinquer à ce qui venait d'être acté : le Roi de la perle fournirait de l'argent, Courville deviendrait directeur de la gazette, Bertrand en serait le rédacteur en chef. Le 21 mars 1925, *La Gazette du franc* était créée.

*

Attablée à deux pas de la Bourse, Marthe pria pour ne pas avoir raté son coup. *Pourvu que je ne leur aie pas fait faire une mauvaise opération, pourvu qu'ils ne m'enlèvent pas leur confiance…* En touillant nerveusement son café, elle jetait des coups d'œil sur le palais de la Bourse, comme si elle pouvait y lire la réponse qu'elle attendait.

À deux heures moins cinq, elle appela Lazare au bureau de poste du sous-sol de la Bourse. *Paris-Midi* était sur le point de sortir, il devait faire cesser toutes les opérations en cours. Quand elle sortit de la cabine téléphonique, un vendeur criait déjà « *Paris-Midi*, dernière édition ! » Marthe s'empara du journal, chercha fébrilement la page économique et éclata de son rire tonitruant. Oui ! Le tribunal avait donné tort aux obligataires ! Elle avait gagné !

Renée

La cartomancienne plaça un foulard verdâtre sur la lampe à pétrole. « Bien, dit-elle quand la lumière fut suffisamment tamisée. Maintenant, concentrez-vous sur ce que vous désirez savoir. »

Renée ferma les yeux et posa intérieurement la question qui la taraudait. Quand elle les rouvrit, la cartomancienne fit craquer les cartes entre ses doigts et posa le paquet devant Renée.

« Battez le jeu », ordonna-t-elle.

Renée s'exécuta vigoureusement, essayant d'imiter le geste sûr et expert de la cartomancienne. Mais les cartes semblaient s'acharner à lui glisser entre les doigts, si bien qu'elle dut s'y reprendre à plusieurs fois.

« Ça ira comme ça, trancha la cartomancienne au bout d'un moment. Maintenant, disposez quatre cartes en forme de croix. Et surtout, ne réfléchissez pas, laissez-vous guider par ce que vous sentez. »

Renée ferma les yeux un bref instant, les rouvrit et s'efforça de sentir ce que son intuition lui intimait de faire. Mais elle avait beau se concentrer, elle ne sentait rien d'autre que le courant d'air glacial qui venait de l'extérieur. Finalement, elle disposa les cartes selon ce qui ressemblait, il fallait bien l'avouer, à du hasard.

« Je n'ai rien senti de particulier, est-ce qu'il ne faudrait pas recommencer ? tenta-t-elle d'une voix mielleuse.

– Chut, à partir de maintenant, silence absolu, que je puisse me concentrer. »

Que de manières... pensa Renée sans broncher. La cartomancienne retourna la carte du bas. La Mort. Renée laissa échapper un petit cri.

« Mais non, mais non ! la rabroua la cartomancienne. C'est le signe qu'un changement, un grand changement s'apprête à bouleverser votre vie. Il est vrai qu'on ne peut pas exclure un malheur, mais enfin cela peut aussi bien être un changement tout à fait positif. »

Renée exulta. Évidemment, ça ne pouvait être que la deuxième solution.

« Voyons voir ce que disent les autres cartes... Le Pendu... Hmmm... Je vois... La situation actuelle est compliquée... Il va falloir être patiente... Laisser les choses se transformer d'elles-mêmes… Attendre de laisser venir à vous ce que vous désirez…

– Bon, bon… Voyons la troisième.

– Le Cinq de Bâton, aïe… Je vois beaucoup d'insatisfaction et de colère, peut-être même de l'agressivité… De la frustration, du conflit…

– Abrégeons, j'ai compris l'idée ! C'est la dernière carte qui compte, pas vrai ? Alors, que dit-elle ?

– Le Trois de Bâton ! s'exclama la cartomancienne, l'air ennuyée. Hélas, il ne fait que confirmer que vous êtes sous l'emprise des émotions… C'est une carte d'adversité, de querelles, de tension…

– Cette fois, c'en est assez de ces balivernes ! Je m'en vais ! »

Renée se leva d'un bond, quittant la pièce en prenant en hâte son sac et son pardessus sous les cris de la cartomancienne qui lui promettait l'enfer.

Les mauvaises ondes que dégageait cette femme, c'était à peine croyable ! Heureusement que Renée avait une solide foi en elle-même. C'était le plus important. Tout de même, elle fulmina dans le taxi qui la ramenait chez elle tandis que sa question tournait et retournait dans sa tête : « Vais-je rapidement trouver à me marier avec un homme bien né ? » Renée voulait devenir noble. À n'importe quel prix. On lui prédisait du conflit ? Soit, elle était prête. L'une de ses citations préférées de Napoléon lui revint en tête : « Ce que l'on [illegible]ire ardemment, constamment, on l'obtient toujours. » [illegible] a rassérénait.

*

Renée voulait en découdre avec la tiédeur de l'existence. Fille unique de petits-bourgeois installés boulevard Sebastopol, à Paris, elle avait appris très tôt à se raconter des histoires qui l'emmenaient loin du petit appartement où ses parents se livraient régulièrement à des disputes dans lesquelles elle prenait secrètement le parti de son père Ernest, qui gardait un air malicieux en toutes circonstances tandis que sa mère était toujours celle qui criait.

Ernest était un banquier qui, à la naissance de Renée, s'était reconverti en marchand de fonds de commerces dans l'espoir de faire coup double : gagner en liberté et, surtout, en train de vie. Son nouveau métier consistait à dégoter des locaux à céder à des marchands de vins, des épiciers, crémiers, pâtissiers ou teinturiers. Il se révéla parfaitement à l'aise dans ce milieu où la filouterie prospérait et expérimenta rapidement quelques « trucs », infaillibles selon lui, dont il fit bénéficier sa fille : « Pour vendre un débit de vins par exemple, il ne faut pas hésiter à inviter, pendant plusieurs jours s'il le faut, des voisins ou des compères à prendre l'apéritif. Tu peux être sûre que, émerveillé par la fidélité de cette clientèle, l'acquéreur se hâtera de conclure l'affaire. Et il sera trop tard quand il verra, ahuri, tous ces habitués disparaître le jour même où il aura pris possession du fonds. »

Renée avait l'âge de raison quand elle apprit avec stupeur que vivaient non loin de chez elle deux enfants avec qui elle partageait des liens de sang paternels. Elle en avait eu froid dans le dos… Son père avait eu une vie avant elle ! Une vie sans elle, une vie où elle n'était pas et où elle ne serait jamais… Elle se mit à le regarder différemment, à tendre l'oreille aux éclats de voix de sa mère quand, tard le soir, son père rentrait « du travail » le pas titubant et l'air goguenard…

Son frère et sa sœur s'appelaient Eugène et Germaine, ils avaient douze et six ans quand elle était née. Seul le garçon, aveugle, avait été reconnu par Ernest. Pourquoi pas la fille ? Renée ne reçut, là-dessus, aucune explication. Et pourtant… Un beau jour, elle vit arriver chez elle, pendue aux bras de *son* père, la fameuse Germaine. Aimable en public, la gamine se transformait en monstre tyrannique dès que les adultes avaient le dos tourné, prétendant imposer sa loi et apprendre la vie à Renée. Heureusement, elle n'était pas restée longtemps : sous les menaces de sa mère, son père s'était résolu à la confier à une de ses amies… Ah comme elle la détestait, cette usurpatrice de l'amour de son père ! Une seule pensée la réconfortait : Germaine resterait une bâtarde toute sa vie, tandis que Renée, elle, était entrée dans la lignée des Saffroy. Il s'en était fallu de peu : ses parents ne s'étaient mariés qu'après sa naissance… Sans doute sa mère avait-elle fait à Ernest une des scènes dont elle avait le secret, l'obligeant à céder.

Renée fit sa scolarité au couvent Sainte-Clotilde où des cours ennuyeux succédaient à d'assommants offices religieux. Elle passait ses étés en Bourgogne, à Joigny, dans une maison bourgeoise surplombant l'Yonne. Les gamins du coin la surnommaient « Petite Boule ». Ils n'étaient pas allés chercher bien loin : son grand-père paternel, maroquinier, s'était illustré grâce à une invention qui avait fait fureur à l'Exposition universelle de 1901 et lui avait rapporté une petite fortune : le fermoir à boules des porte-monnaie. Astucieux, Renée en convenait. Mais de là à en tirer fierté tel un noble de son blason… Qu'il serinait son monde avec ses boules ! Il en trônait dans tous les recoins de la grande maison : sur la cheminée du salon, sur la desserte, sur le buffet, sur la commode de la chambre conjugale… Pour l'un de ses anniversaires, il avait offert à Renée un fermoir taillé dans un cuir particulièrement précieux. Mais qu'elle ne s'avise pas de l'utiliser, non, il fallait qu'il soit exposé sur la table de nuit de sa petite-fille… Renée trouvait cette obsession un peu puérile mais, tout de même, cette fortune bâtie sur une simple bonne idée l'impressionnait. D'autant que, à mesure qu'elle grandissait, sa famille lui trouvait de plus en plus de ressemblances avec son glorieux aïeul. « Cette Renée, quel tempérament ! Si elle était un homme, Dieu sait ce qu'elle accomplirait… » Cette mystérieuse phrase la laissait songeuse.

À côté des précieuses boules du grand-père, sur la table de chevet, on trouvait en bonne place des ouvrages d'histoire médiévale que Renée connaissait par cœur, des tragédies de Corneille et Racine qu'elle avait dévorées avant ses quinze ans, et, tout au-dessus de la pile, sa bible : les Mémoires de Napoléon. Dès les premières pages, la jeune fille avait été conquise : « Je réussissais dans ce que j'entreprenais, parce que je le voulais : mes volontés étaient fortes et mon caractère décidé. Je n'hésitais jamais : ce qui m'a donné de l'avantage sur tout le monde. La volonté dépend, au reste, de la trempe de l'individu : il n'appartient pas à chacun d'être maître chez lui. » Voilà qui était rudement inspirant. Renée s'était juré qu'elle emploierait toute sa volonté à être maîtresse chez elle.

Les filles de son âge, elles, ne juraient que par les romans d'Hector Malot et autres histoires à l'eau de rose. Il fallait les voir passer leur temps à rêver d'amour romantique en bavant sur les officiers de garnison qui déambulaient dans Joigny le torse bombé… Il fallait les entendre ricaner à leurs plaisanteries avinées quand, le soir venu, tout ce petit monde traînait sur le cours, le long de la rivière… Très peu pour elle.

Renée aussi rêvait, oui, mais elle rêvait grand. Quand le temps était dégagé, elle enfilait ses bottes, sellait un cheval, et sortait de la ville au grand galop par la route des Cerisiers. Puis elle grimpait jusqu'à la sapinière et se tenait là, altière et immobile, sur la crête, contemplant de haut les méandres de l'Yonne. Elle imaginait ce qui s'était joué dans ces contrées autrefois peuplées de châteaux et de grands seigneurs. Les alliances et les trahisons, les guerres et les rivalités… Renée aurait aimé vivre à une autre époque, celle où les Joviniens défendaient leurs terres avec ardeur, se battant entre eux à coups d'épée ou de maillet. Joigny, *Jovenia* en latin, avait donné le nom de Joviniens à ses habitants. Mais ils en avaient un autre, pour lequel Renée avait une nette préférence : les Maillotins, parce qu'au début du

XVe siècle, ils avaient défendu leur indépendance contre Guy de La Trémoille et ses hommes en les assommant avec leurs maillets de vignerons… Cette époque avait du panache ! Ah qu'elle aurait aimé prendre part à une grande chasse à courre médiévale… Quelle amazone elle aurait faite ! Elle se voyait, dans le fracas des sonneries de cors, au milieu des hurlements de la meute déchaînée, poursuivre le cerf telle une Diane légendaire… Mais non, il fallait quitter la crête, reprendre la route des Cerisiers en sens inverse, retrouver le calme de la ville moderne.

Non pas qu'elle eût une dent contre Joigny. Son histoire, son patrimoine, les châteaux, les belles maisons et les hôtels particuliers… Ces manifestations des richesses passées lui plaisaient. Mais on ne trouvait hélas aucune velléité de grandeur chez les bourgeois joviniens, qui étaient plus fiers des gros brochets qu'on attrape dans les parages de l'Yonne que des illustrations passées de leur ville. Cette médiocrité provinciale avait le don de lui peler les nerfs.

Il se trouvait tout de même à l'occasion un événement qui lui donnait quelques frissons. Renée aimait tout particulièrement les courses hippiques qui se tenaient les dimanches d'été. Les rudes joutes magnifiées par les trompettes militaires, l'adrénaline de la compétition, l'incertitude des paris, l'exaltation de la victoire toute proche, le drame des retournements de situation, le tragique des abandons… Un peu de vie, enfin ! Et du beau monde : préfet, sénateurs, maires, députés… En fin de journée, elle se joignait à la foule des promeneurs et des parieurs qui regagnait Joigny en fête. Le bal populaire où tout le monde ne pensait qu'à s'en mettre plein le gosier l'horripilait, mais elle aimait le déchaînement presque martial du feu d'artifice qui était tiré depuis les bords de l'Yonne.

Bien plus tard, au mitan éclatant de la vingtaine, elle avait entrepris de réveiller la paisible Joigny. La guerre était passée par là, les gens, même les provinciaux, avaient bien besoin de s'amuser, non ? Renée avait décidé de leur donner ce à quoi ils aspiraient : de la légèreté, du jeu, du spectacle, bref de quoi leur faire oublier les tourments passés. Grâce à l'argent du grand-père, elle avait racheté l'Hôtel des ducs, idéalement placé quai de Paris, sur la route où passaient toutes les automobiles qui allaient de la capitale vers Lyon, Marseille et Nice. Et elle avait employé les grands moyens pour attirer du beau monde, de toute la région, de toute la France même ! Tous les jours, à quatre heures, Renée donnait un thé dansant comme on n'en avait jamais vu en Bourgogne, et pour cause : l'attraction était un danseur siamois qu'elle avait dégoté dans un cabaret parisien. Le royaume du Siam, pouvait-on imaginer contrée plus exotique ?

Avec sa haute coiffe incrustée d'éclats multicolores, son danseur était exquis. Gracieux, léger, bondissant… Quand il faisait onduler son corps, c'était un dépaysement instantané, un voyage immobile, une fuite de l'imagination vers des pays enchantés ! Ces ravissements, très à la mode à Paris depuis que le grand chorégraphe russe Nijinski les avait mis à l'honneur avant guerre dans son ballet *Les Orientales*, ne plaisaient hélas pas à tout le monde ici… Renée les entendait, les médisances qui circulaient sur son compte. « Arié ! Pour qui se prend cette bourgeoise qui livre notre tranquille cité à de telles excentricités ? » Toujours les mêmes esprits étriqués… Décidément, ces gens-là étaient indécrottables. Après quelques mois, Renée en eut assez. Puisqu'elle n'obtenait pas le succès qu'elle méritait, elle avait fait ce qui deviendrait sa spécialité : partir sans se retourner. Et tant pis pour les magnifiques tapisseries d'Auxerre qu'elle avait commandées pour décorer sa salle de jeux.

*

Renée observa la somme de ses vingt-six années dans le miroir. Décidément, ce ruban de velours qui lui encadrait le visage lui donnait de l'allure. Elle détailla sa taille haute, ses hanches un peu larges et ce profil aristocratique qui ne cessait de l'enchanter. « Un de perdu, dix de retrouvés ! » lança-t-elle gaiement à son reflet.

Les hommes. Elle n'avait jamais eu de mal à en rencontrer, non, le plus difficile était de se les attacher. Le dernier en date était un as de l'aviation qui avait fait pendant la guerre des prouesses face à une escadrille ennemie. Renée l'avait connu alors qu'elle soignait des blessés dans une ambulance sur le front. Non pas qu'elle eût l'âme d'une bonne samaritaine, mais son besoin d'être là où l'action se déroulait l'avait décidée. À sa mère qui s'était écriée, affolée, qu'elle aurait préféré la voir rejoindre le rang des munitionnettes plutôt que de laisser sa peau dans cette sale guerre, Renée avait répondu que passer douze heures par jour à suer dans une usine d'obus, c'était ça, pour elle, la mort à coup sûr. Elle s'était, donc, engagée comme infirmière volontaire, espérant secrètement que dans le lot des blessés se trouverait un bon parti, pas trop esquinté. Il avait pris corps sous les traits de ce pilote, un officier supérieur bien connu dans le milieu de l'aviation. Il n'était certes pas de noble extraction, mais il était charmant, sympathique, et ses exploits lui assuraient considération et respect partout où il allait. Renée ne lui avait pas dit tout de suite qu'elle était mariée. Que dire, de toute façon ?

La chose s'était faite en 1913, peu avant la guerre. Renée avait à peine vingt ans, son père venait de mourir et elle s'ennuyait ferme à aider sa mère qui avait repris les activités de marchand de fonds de son défunt mari. Pour tuer le temps, elle avait fricoté avec Edmond Moris, un commerçant parisien de dix ans son aîné. Edmond n'était pas franchement folichon mais il était bien né. Sa mère était une Petit de Gâtines, une famille versaillaise au nom qui sonnait doux aux oreilles de Renée, et l'un de ses aïeux était un général de la Révolution et de l'Empire. Sur le papier, l'idée d'intégrer une telle famille l'avait séduite. Il y avait d'ailleurs du beau monde au mariage : le frère d'Edmond, Théophile, lieutenant au 28e régiment d'infanterie – qui du reste tomberait en héros en Belgique en août 1914 lors de la bataille de Charleroi –, un rentier, un administrateur… Et puis, quelques mois après le début de la guerre, Edmond avait été mobilisé au sein du 14e régiment de chasseurs à cheval. À la faveur de quelques permissions, un fils était né en 1917, Roger. Mais Renée n'était pas femme à rester au foyer ; elle le quitta dès la fin du conflit.

Avec le pilote, ils avaient coulé quelques jours heureux près de Paris, à Épinay-sur-Orge, une paisible commune de l'Essonne, imaginant des projets communs. Renée y fut bientôt rejointe par son fils Roger, mais le pilote, bien que gentil avec le petit, prit bientôt ombrage d'une broutille – il avait eu vent d'une liaison à deux sous avec un officier supérieur en garnison à Joigny, la belle affaire. Et voilà qu'un jour, sans préavis, il lui avait annoncé qu'il partait ! Il l'avait laissée en plan, larguée, abandonnée !

Elle avait appris quelque temps après qu'il avait élu résidence en Normandie, à La Mailleraye. Le choix de ce village de bord de Seine ne devait rien au hasard : pendant la guerre, les Anglais avaient fait de Rouen leur base arrière, si bien que la région regorgeait d'anciens camps militaires qui n'attendaient que de trouver une nouvelle utilité. Son aviateur avait monté dans l'un d'eux une carrière de pierres qu'il semblait exploiter avec un certain succès. Grand bien lui fasse ! Renée avait eu une idée autrement plus intelligente. Un jour qu'elle était venue lui dire vertement ses quatre vérités – « En guerre comme en amour, pour en finir, il faut se voir de près », disait Napoléon –, les vastes pâturages sur lesquels broutaient des vaches paisibles et débonnaires avaient fait naître le projet dans sa tête. Elle allait monter une usine de pasteurisation du lait ! Le lait, n'était-ce pas l'aliment dont on pouvait le moins se passer ? Avant la guerre, il s'en était vendu un million de litres chaque jour rien qu'à Paris et dans les communes du département de la Seine ! Bien sûr, la production avait chuté pendant la guerre, mais les choses revenaient peu à peu à la normale. Et, désormais, on ne jurait plus que par le lait pasteurisé. Le seul vraiment hygiénique, parfait pour les enfants, les malades et les convalescents, assuraient les médecins, qui ne cessaient de le marteler : en supprimant la diarrhée infantile par la pasteurisation du lait, le pays économiserait soixante mille morts par an ! Renée allait faire fortune dans l'or blanc. Elle aimait la campagne, elle n'avait pas peur de se retrousser les manches, et avec un peu de chance, sa réussite ferait bisquer son mufle de pilote. Oui, vraiment, c'était parfait. Elle s'était lancée à l'assaut des fermes de la région, mettant tout son entregent à convaincre les producteurs de lui confier leur lait frais. Renée savait leur parler : qu'ils leur fournissent le produit de leur traite, elle se chargerait d'en faire un breuvage aussi sain que rentable. Son usine serait la plus performante de la région, elle aurait les capacités de produire plus et mieux que les autres. Et puis elle avait déjà, dans la capitale, une foule de revendeurs qui n'attendaient que la première livraison pour écouler le fruit de leur juteuse collaboration. Il fallait songer à tous ces Parisiens prêts à se damner pour du bon lait normand ! En un mot comme en cent, s'associer avec elle, c'était la garantie de jolis revenus réguliers.

Un beau jour, elle avait débarqué à La Mailleraye dans une rutilante auto – il fallait toujours soigner ses arrivées – et implanté son affaire à quelques centaines de mètres de la carrière de pierres de l'ancien amant. Comme à son habitude, Renée n'avait pas fait les choses à moitié. Elle avait acquis un camp immense, embauché dix employés, et surtout investi dans plusieurs machines à la pointe de la modernité. Elle baptisa son usine La Laiterie des anges, un nom qui fleurait bon comme le lait qu'elle fabriquerait. Sous sa houlette, le précieux liquide faisait l'objet d'une série d'opérations délicates : filtration, pasteurisation, refroidissement brusque, embouteillage dans des récipients préalablement stérilisés, bouchage automatique, et enfin transport en wagon frigorifique jusqu'à Paris, où il était vendu dans des fromageries. Sa laiterie moderne était d'utilité publique. Fournisseurs et revendeurs se montrèrent d'ailleurs dans un premier temps ravis. Bien sûr, les aléas ne manquaient pas. Mauvais temps, pannes de machines, accidents de chemin de fer… Renée faisait face. Mais l'État n'avait pas tardé à mettre son grain de sel empoisonné en décidant d'imposer séance tenante la baisse du prix du lait. Et les frais de production, est-ce qu'ils baissaient ? Et le coût du transport ? Et celui de la main-d'œuvre ? Et le loyer, les assurances, l'entretien, l'eau, le chauffage, l'éclairage, les frais de contrôle et de surveillance des dépôts, le téléphone ? Et le labeur et la peine de Renée ? Elle aurait bien touché deux mots à ces messieurs des hautes sphères qui se réunissaient en commissions pour un oui ou pour un non, à ces incompétents qui n'entendaient rien aux tenants et aux aboutissants de la production laitière.

Renée avait bien essayé de faire comprendre aux cultivateurs que, dans ces conditions, elle ne pouvait plus payer leur lait au prix qu'ils lui réclamaient mais ils n'avaient rien voulu entendre… Ces paysans n'avaient aucun sens des réalités économiques. Pas plus, du reste, que ses employés qui ne cessaient de la harceler pour être payés. Elle avait généreusement donné son argent et son temps, et voilà comment on la remerciait ! Au lieu de consentir à quelques efforts, le temps pour elle d'amortir ses investissements, ils l'avaient acculée, et les machines avaient fini par tout engloutir. Un gouffre. Elle avait dû suspendre les paiements et tout laisser en plan – engins dernier cri, factures en souffrance, employés et paysans mécontents. L'huissier du coin n'aurait qu'à se débrouiller. Après tout, c'était son métier. Pour sa part, Renée pensait déjà à l'avenir.

CHAPITRE II

L'arnaque

MARIA

Il y avait des jours comme ça où c'était à croire que toutes les femmes du quartier s'étaient donné rendez-vous chez Maria. Ces dames entraient, sortaient, se bousculaient, s'injuriaient. Des mains avides attrapaient des étoffes que tournaient et retournaient d'autres mains, on saisissait un vêtement, on tirait sur une manche… De l'extérieur, c'était un défilé, à l'intérieur une véritable foire d'empoigne. Ces jours-là, dans le feu de l'action, Maria se sentait tellement pleine d'énergie qu'elle en oubliait presque ses articulations en feu et ses soixante-cinq printemps. À moins que ce ne soient soixante-sept ? Elle avait arrêté de compter à son quarantième anniversaire.

Sa boutique rue Fontaine n'était pas bien grande, et le capharnaüm des jours d'arrivage la faisait paraître encore plus petite qu'elle ne l'était en réalité, mais Maria y régnait en généreuse monarque, jetant son œil expert là où il le fallait, distribuant sourires et remontrances, prodiguant conseils bienveillants et fermes sentences. Et que personne ne s'avise de partir sans avoir mis la main au porte-monnaie.

Elle mettait un point d'honneur à être toujours bien achalandée. Étoffes en tous genres, gants et chapeaux, dessous et pardessus, combinaisons de soie et robes de soirée… Sans compter quelques pièces rares, des manteaux de fourrure qu'on s'arrachait. Et de la marque, avec ça : du Patou, du Vionnet, du Paquin, du Chanel, du Lanvin, du Poiret… On trouvait vraiment de tout chez Maria.

La reine des lieux connaissait par cœur les goûts de ses habituées, devinait ce qui menait à elle les nouvelles clientes. Il y avait celles qui voulaient se faire belles pour aller dans les *dancings*. Les petits bals d'avant guerre n'avaient plus la cote, polka et java avaient été jetées aux oubliettes. Pour être moderne, il fallait apprendre le charleston, le fox-trot, le tango, la biguine, la samba, la rumba, bref tout un tas de danses venues des Amériques qui ne disaient rien qui vaille à Maria. On lui demandait des robes amples et courtes, qui permettaient de s'agiter dans tous les sens. Des robes richement brodées, avec des couleurs vives et beaucoup de paillettes pour se faire remarquer, et puis des franges, parce que les franges, ça virevolte…

Désormais, on montrait ses jambes, son dos, sa poitrine et ses bras. Le dernier chic pour être élégante, c'était d'être d'une minceur sensationnelle. Il fallait être grande, élancée… ou tout au moins le paraître. C'était bien simple : les femmes d'aujourd'hui rêvaient d'avoir une allure de planche à pain. On avait même inventé des aplatisseurs de poitrine ! Et quand vous n'aviez pas les moyens de vous en procurer, vous utilisiez la bande Velpo. Où allions-nous ? Bientôt les femmes ressembleraient à des roseaux !

Maria n'avait jamais été mince. Jeune, elle avait de gracieuses rondeurs ; avec l'âge, elle avait pris un certain embonpoint. Mais enfin, il aurait fallu grassement la payer pour qu'elle fasse un régime. Voilà bien une mode qui la dépassait. Elle soupçonnait certaines de ses clientes de s'affamer. « Oh Maria, moi qui étais si svelte cet été, regarde mon ventre, on croirait qu'il m'a poussé une bouée ! » se lamentaient-elles. Elles revenaient quelques semaines plus tard, triomphantes : elles avaient déniché une potion miracle (« de l'eau distillée, de la glycérine neutre, quelques gouttes d'essence pure de lavande et le tour est joué ! ») dont elles s'abreuvaient comme si c'était du petit-lait. Maria était d'avis que, chez certaines, le cerveau fondait plus vite que le gras…

Maria avait un autre type de clientes : les déclassées. Celles-là avaient connu l'aisance et voulaient faire illusion le temps d'une soirée. Elles entraient timidement, jetant un coup d'œil à la dérobée sur les robes de bal étalées sur un fauteuil. Certaines lui faisaient mal au cœur, comme cette petite femme brune qui était passée et repassée dix fois devant sa boutique avant de se décider à entrer.

« Vous désirez, Madame ? demanda aimablement Maria.

– Je ne le sais pas exactement moi-même… On m'a donné votre adresse… C'est la première fois…

– Que vous vous disposez à essayer une de mes pièces. Eh bien, mieux vaut tard que jamais ! Que vous faut-il ? Une toilette de cérémonie ?

– Non, ou plutôt oui, une robe de soirée. Mon mari vient de retrouver un emploi dans une grande banque… Vous comprenez, il a une situation encore modeste mais son directeur l'a pris en amitié… Il lui a fait l'honneur de l'inviter en soirée chez lui, dans son hôtel, avenue Kléber…

– Les grands quartiers !

– Oui, et figurez-vous que je suis invitée aussi. Mon mari me dit que ce serait une impolitesse de ne pas y assister…

– Et vous voudriez faire votre petit effet, c'est bien naturel !

– Oh, simplement, ne pas attirer l'attention sur ma médiocrité. Les temps sont durs et les sorties sont rares. Je voudrais quelque chose de bon ton…

– Que diriez-vous de cette merveille ? demanda Maria en déployant majestueusement une toilette décolletée en satin jaune. Ce chef-d'œuvre sort tout droit de chez Houvette sœurs. Vous êtes vernie : elle est à votre taille ! Je vous la laisse pour mille francs.

– C'est que…

– Quoi ? La trouveriez-vous trop chère ?

– Pas du tout ! Mais je ne la porterai qu'une fois. Je ne vais jamais dans le monde. Si j'osais, je vous prierais…

– De vous la louer. Ce n'est pas dans mes habitudes, mon petit... Mais, pour cette fois, je veux bien vous arranger. Laissez-moi votre nom et votre adresse. Je ne vous prendrai que soixante francs. Vous me les verserez tout de suite et vous me rapporterez la robe dans quarante-huit heures. »

La brune s'acquitta, remercia avec effusion, et partit en serrant sa précieuse toilette contre elle. Celle-ci reviendrait, Maria n'en doutait pas. D'autres étaient des filoutes qui ne pensaient qu'à la rouler. Avec l'expérience, elle avait appris à les distinguer.

*

« Chez Maria ». Elle aimait se répéter ces deux mots de propriétaire. Entre ces murs, elle pouvait faire ce qu'elle voulait, agir comme bon lui semblait, selon ses lois, ses goûts, ses envies du moment. Sa boutique était une principauté, une royauté, même. N'avait-elle pas acquis le surnom de Reine des fourgues ? Elle avait trimé dur pour en arriver là.

Fini, les fripes d'occasion de ses débuts, son fonds de commerce était maintenant uniquement constitué par le produit de vols que des spécialistes de choix commettaient dans les grands magasins. Chaque semaine apportait son contingent. La procédure était bien huilée. Les fournisseurs passaient toujours après minuit, jamais le samedi. Une fois la boutique fermée, Maria se forçait à rester à demi éveillée alors qu'elle rêvait de s'écrouler dans la petite pièce qui lui servait de chambre juste derrière la boutique, au milieu des paquets de couteaux, des pièces de rubans, des pelotes de ficelle, des ballots de toile aux étiquettes arrachées…

Trois coups secs étaient enfin frappés au volet. Maria ouvrait un œil, se levait lourdement et allait récupérer de gros sacs que des bras lui faisaient passer dans l'obscurité. La rue était souvent absolument déserte. Aucun passant, aucune auto. Le silence complet. Rien à voir avec l'agitation de la journée.

Sa mission accomplie, Maria déballait les sacs avec un peu de fébrilité, évaluait à la louche ce qu'elle pourrait en tirer, puis elle allait se coucher. Le lendemain, Pierrot venait toucher son dû, jamais à la même heure pour éviter que leur manège soit repéré. Elle l'aimait bien, Pierrot, mais elle était intraitable : elle ne consentait à acheter que si l'étiquette était encore épinglée à l'objet. Pour le prix aussi, elle avait ses exigences : qu'on ne lui demande pas de mettre plus de vingt francs pour ce qui en valait cent.

Elle n'avait pas ménagé sa peine pour en arriver là. Il avait fallu d'abord fréquenter des garçons de magasin, leur payer à boire, leur souffler l'idée que, peut-être, pour arrondir leurs fins de mois… Puis attendre un peu, les laisser mariner, revenir comme si de rien n'était… Au prix d'une patiente bienveillance (ou de ce qui y ressemblait), on finissait par réussir à acheter leur complicité. Une fois ferrés, il fallait les mettre en cheville avec des gars du milieu, des professionnels du métier. Ils appréciaient que Maria leur ait préparé le terrain, c'était un bon point. Il restait ensuite à leur montrer qu'elle était travailleuse, déterminée, et surtout capable d'écouler de la marchandise en grande quantité. Elle s'était peu à peu constitué un réseau d'intermédiaires de confiance, avec Pierrot à leur tête, un dur à cuire aux airs d'enfant de chœur. Aujourd'hui, elle pouvait dire que les affaires roulaient.

Depuis sa sortie de prison, Maria était prudente. Sa règle numéro 1 : se méfier des propositions alléchantes. Alfred, dit le Banquier, lui avait fait croire qu'il était remisier et que lui confier ses économies était la garantie d'encaisser de juteux intérêts. Le marché qu'il avait proposé à Maria était simple : elle n'avait qu'à lui donner les noms des clientes qui pouvaient être intéressées par ses services, en échange de quoi il lui présentait une bonne amie, une certaine Delphine, une prétendue kleptomane de génie, qui lui fournirait des pièces que toutes les femmes s'arracheraient. Il l'avait bien baratinée, le saligaud. Il était remisier autant qu'elle était reine d'Angleterre et sa gourde de Delphine les avait tous les deux balancés à la première visite des policiers. Une bande d'inspecteurs avait débarqué à la boutique, ils avaient trouvé pour vingt mille francs de marchandises volées et l'avaient envoyée croupir en prison sans lui laisser le temps de se retourner.

Maria l'avait eue terriblement mauvaise. Contre ces deux pieds nickelés, mais surtout contre sa naïveté. Derrière les barreaux, elle avait ruminé. La prison, elle en prenait son parti mais imaginer les clientes déçues de trouver sa porte close lui mettait les nerfs à vif. Sans compter qu'à sa sortie, il faudrait tout recommencer.

Les clientes, comme les fournisseurs, n'attendaient pas. Sans elle, le monde continuait à tourner. Mais dans son malheur, Maria avait eu un petit coup de pouce de la providence. Elle s'était liée à une brocanteuse assez réputée dans le milieu, une finaude avec qui elle n'avait pas tardé à passer un marché : elle se chargerait de récupérer trois malles consignées à Rennes, les acheminerait à Paris et toutes deux se partageraient la marchandise une fois la prisonnière libérée. Il devait y en avoir pour un beau paquet d'argent là-dedans… Dès sa libération, elle s'était soigneusement acquittée de sa mission et avait stocké les lourdes malles chez Julia.

Julia vivait à quelques numéros de chez elle, rue Fontaine. Elle devait avoir une cinquantaine d'années, vivait seule, était vive comme un écureuil, bavarde comme une pie, et avait pris Maria en amitié. Au début, quand elle était venue sur le seuil de sa boutique pour tailler une bavette, Maria avait bougonné. Elle n'avait plus l'habitude qu'on cherche ainsi sa compagnie… Mais Julia était une vraie mule et avait fini par l'amadouer.

La journée, Julia était masseuse. Elle se rendait dans les beaux quartiers, chez des femmes importantes à qui elle prodiguait des soins mondains. La nuit, elle était faiseuse d'anges, comme on disait. Elle recevait les femmes, chez elle, rue Fontaine. Des mères de famille usées qui n'avaient pas de quoi nourrir une bouche de plus, de très jeunes filles qui s'étaient laissées aller à aimer trop tôt, des domestiques qui mettaient du beurre dans les épinards en faisant monter des hommes dans leur chambre de bonne. Celles-là, « les femmes du septième » comme les appelait Julia, étaient les plus nombreuses. Elles vivaient au dernier étage d'immeubles miteux, dans des pièces sombres et infestées de punaises.

D'ordinaire volubile, Julia parlait peu de son travail de nuit. Maria savait simplement que son amie avait, comme elle, fait plusieurs séjours à l'ombre à cause de ces opérations clandestines. Ces choses-là, ça rapprochait.

Le samedi, quand Maria en avait la force, elles allaient écluser quelques godets dans l'un des nombreux troquets du quartier. Elles n'avaient que quelques pas à faire pour se retrouver happées par l'agitation de la place Blanche. Là, le Moulin-Rouge se dressait, illuminé, comme un appel à s'amuser. Elle avait suivi Julia qui voulait absolument voir sur scène la grande vedette d'après guerre, Mistinguett, mais refusait de mettre un pied dans ces soirées à thème imbéciles où il fallait venir déguisé en Martien ou en révolutionnaire. Vraiment, l'époque ne savait plus quoi inventer.

Depuis quelque temps, la butte grouillait de touristes. Tout en haut, culminant à cent vingt-neuf mètres au-dessus du niveau de la mer (c'était en tout cas ce que Maria avait lu quelque part), la place du Tertre était devenue mondaine comme la dernière plage à la mode. Des gens bien vêtus descendaient d'automobiles de luxe, prenaient place comme des célébrités sur les terrasses ombragées, et s'acquittaient sans broncher de la somme extravagante qu'on leur faisait payer pour leur repas sans âme. Dire qu'il n'y avait pas si longtemps, on pouvait se régaler pour moins d'un franc…

Maria se sentait parfois dépassée par toute cette modernité. Elle n'était nulle part mieux que dans l'atmosphère enfumée des petits cabarets, sur les banquettes usées par le temps. Là, elle retrouvait de vieilles connaissances, visages familiers malgré le poids des années. Des anciennes du music-hall qui avaient tourné demi-mondaines, des filoutes, voleuses des beaux quartiers, croqueuses d'hommes bien nés, dupeuses de fourreurs et de bijoutiers, prostituées de fortune, fausses cartomanciennes et comtesses imaginaires… Au fond, comme Maria, chacune se débrouillait comme elle pouvait. Certaines cessaient brusquement de paraître. Parfois, un entrefilet dans le journal donnait de leurs nouvelles. On ne reverrait plus de sitôt Lulu, la refourgueuse de coco.

L'alcool la lavait des fatigues de la journée. Le premier verre la requinquait. Le deuxième la détendait. Ceux qui suivaient la faisaient glisser dans un engourdissement doux comme un duvet, et son fardeau se faisait de plus en plus léger. Mais il ne fallait pas trop se laisser aller. À partir d'une certaine heure, l'alcool alentour devenait mauvais et des rixes éclataient pour un regard un peu de travers, une parole à peine déplacée. Ce que les gens pouvaient se rendre la vie compliquée… Alors Maria rentrait accrochée au bras de son amie Julia dans la nuit bruineuse ou l'aube claire, la démarche titubante mais le cœur léger. Après tout, la vie était belle, il suffisait de le décider.

*

Maria pensait parfois aux trois grosses malles qui dormaient chez Julia. Au milieu de quelque nuit agitée, elle s'imaginait les ouvrir et découvrir leur mirifique contenu, les yeux brillants comme un enfant déballant ses cadeaux de Noël…

Mais les malles étaient scellées, et elle avait promis à la brocanteuse d'attendre… Maria avait son honneur, et dans le milieu, mieux valait tenir parole… Mais diable, laisser pourrir ainsi la marchandise, quel gâchis…

D'autant que ces derniers temps, la Reine des fourgues avait une sérieuse concurrente : une certaine Henriette, chef de gang qui vivait dans le 18e arrondissement, tout proche de la butte. On parlait d'elle comme d'une sorte de bête énorme et à moitié paralysée, terrée dans son antre d'où elle dirigeait d'une main de fer une armée d'exécutants chargés de lui remettre chaque semaine de la marchandise fraîche à écouler. Dans le milieu, on l'appelait la Grosse Receleuse, surnom que ne lui enviait pas Maria. Il se murmurait qu'Henriette avait récemment monté un gang de femmes qui faisait des prouesses, de vraies diablesses qui opéraient dans un domaine florissant : le vol des grands magasins. Autrement dit, le terrain des fournisseurs de Maria.

La grosse Henriette avait rudement bien pensé son affaire. Ses recrues étaient élégantes et marchaient d'un pas assuré. De vraies bourgeoises des beaux quartiers, qui dévalisaient les magasins chics avec l'air de ne pas y toucher. Certaines cousaient des poches secrètes dans leurs manteaux, leurs ceintures, leurs jupes… De véritables manchons de travail dans lesquels on pouvait cacher plusieurs mètres de dentelles, des vêtements, des bijoux et une foule de bibelots de prix. Les bougresses utilisaient parfois un faux bras, glissé dans leur chemisier, pour dissimuler leur vraie main en train de dérober quelque bien. Parfois, il suffisait que des complices distraient le personnel en bavardant, en essayant des vêtements ou en renversant des mannequins avec une maladresse affectée. La plupart du temps, elles se rassemblaient en nombre autour d'un comptoir, demandaient à essayer un bijou ou du maquillage et se le passaient de l'une à l'autre jusqu'à ce que l'objet soit perdu de vue. Elles pouvaient aussi faire réaliser une copie d'une bague de valeur et, par un tour de passe-passe, l'échanger discrètement en magasin. Dès qu'elles se sentaient menacées, elles s'égaillaient par des sorties différentes, aussi rapides que de petits oiseaux sortant d'un bosquet. Si d'aventure l'une d'elles se faisait prendre sur le vif, elle provoquait un tel scandale qu'on la relâchait afin d'éviter un incident regrettable. Si ça ne suffisait pas, elle piquait une crise de nerfs, se laissait traîner, chose gesticulante et hurlante, jusqu'à ce que l'homme de surveillance n'ait plus qu'un objectif : se débarrasser d'elle illico en l'éjectant le plus loin possible sur le trottoir. Alors elle se relevait et s'enfuyait en poussant jurons et cris d'indignation. La bande à Henriette opérait aussi bien dans les magasins de la Rive gauche que de la Rive droite, parfois du matin jusqu'au soir.

Les fournisseurs de Maria enrageaient. Non seulement des bonnes femmes réussissaient des coups risqués, mais elles mettaient tous les autres voleurs en danger. Avec tout ce grabuge, évidemment, la police était sur les dents. Au milieu de toute cette agitation, Maria se méfiait. Elle avait du flair, et son flair lui disait qu'on tournait un peu trop autour de sa boutique ces derniers temps. Qui sait si ce n'était pas des poulets déguisés qui filaient l'un de ses fournisseurs ou, pire encore, des brigands qui repéraient les arrivages en vue de la dépouiller… Maria n'avait pas envie qu'on la retrouve gisant dans son sang, le crâne fracassé, au milieu de son magasin dévalisé. Il était temps de se faire un peu oublier.

*

Maria huma l'air frais en s'amusant à fixer le point le plus lointain possible dans les profondeurs de l'horizon. La Reine des fourgues avait pris ses quartiers d'été sur la Côte Fleurie parmi les princesses, duchesses et autres grandes dames de la noblesse. Elle avait chargé Pierrot d'aller prospecter dans ce genre de coins fréquentés par du beau monde et il lui avait dégoté en moins de deux un local élégant et bien placé. Un trajet en camion plus tard, Chez Maria s'était exporté à Trouville. Elle s'était bien un peu inquiétée au début : elle ne comprenait rien à l'épouvantable baragouinage des femmes qui poussaient la porte de sa boutique éphémère. Les journaux mondains assuraient que le Tout-Paris était sur la Côte Fleurie. Si on voulait son avis, c'était plutôt le Tout-Anglais. Des *lords* et des *ladies* à la pelle ! Et tout ce beau monde ne faisait pas l'effort d'apprendre un mot de français ! Maria s'en tirait néanmoins à bon compte à force de mimiques et gesticulations.

Elle vendait beaucoup, et cher. Loin de chez elles, sans doute un peu abruties par le soleil, les femmes avaient la main leste sur le porte-monnaie.

Robes, accessoires, petits bijoux… Il leur fallait tout, tout de suite. Certains articles partaient à cent cinquante francs sans que Maria ait à s'user. Ah il y en avait, de l'argent, dans ce coin béni ! Les canailles s'en donnaient à cœur joie. Elle ne pouvait pas s'empêcher de siffler d'admiration quand elle lisait, le matin avec son café, ce que les journaux racontaient : une nuit, une bande s'était introduite dans la villa d'un duc anglais et avait raflé une épingle de cravate à cinquante mille francs. Une autre, c'était la demeure d'un grand ingénieur parisien qui était dévalisée. Butin : trois tableaux de maîtres. Certains avaient de quoi prendre leur retraite…

Maria, elle, se sentait une légèreté nouvelle. Le dimanche, elle allait à la plage comme on va au spectacle. Son chapeau cloche vissé sur la tête, grignotant des chichis dégoulinants, elle contemplait la foule des bronzeurs étalés sur le sable, laissait son regard se poser ici et là sur les jeunes peaux et les chairs flasques, détaillant les nuances de doré et les rouges cramoisis. La mode était aux maillots de soie, qui s'enveloppaient dans de magnifiques peignoirs lamés d'or et d'argent, ou parsemés de broderies orientales… La saison prochaine, il faudrait qu'elle ait quelques-unes des plus belles pièces à proposer.

Certaines femmes n'avaient toutefois que faire du peignoir et exposaient le plus de chair possible, ignorant les regards noirs que leur jetaient leurs voisins de serviette. Maria s'amusait à se demander jusqu'où il était possible de descendre son costume de bain sans risquer de se faire ennuyer. Elle ne tarda pas à avoir sa réponse. Alors qu'une jeune femme en maillot de soie très collant qui lui tombait sous les genoux regagnait tranquillement sa cabine, un homme l'interpella. Elle fit mine de ne pas l'entendre, mais le bonhomme la rattrapa et fit état de sa fonction : il était de la police, et de la police des bains s'il vous plaît. Maria secoua la tête, on n'était décidément jamais à court d'idées pour enquiquiner les femmes. La coupable, déjà travaillée par le soleil, prit une teinte de rouge supplémentaire et protesta en vain. Elle dut se résoudre à se faire apporter un peignoir en attendant de recevoir sa contravention. Un troupeau de curieux s'était massé autour de la dame et du policier.

« Ces *British* ont vraiment toutes les audaces ! s'écria une Française.

– Oh Madame, répliqua une Anglaise, cette femme en maillot n'est pas une personne de la Grande-Bretagne, c'est une Américaine… Ce n'est pas la même chose du tout ! »

Il y eut là-dessus diverses controverses.

Quelquefois, après avoir fermé boutique, Maria enfilait sa robe la plus élégante et sortait. Elle avait entendu dire que les années précédentes, toutes les grandes vedettes du music-hall parisien paraissaient à l'Éden de Trouville. Manque de pot, cette année, il était fermé.

La nouvelle sortie à la mode était le cinéma, mais ça ne disait rien à Maria. Elle préférait nettement aller au casino. Elle avait toujours aimé jouer. Une fois, du temps de ses succès à La Scala, elle avait perdu un mois de cachets en un après-midi aux courses. Quel intérêt de trimer pour avoir des sous si ce n'était pas pour les dépenser ! Là-dessus comme sur le reste, sa philosophie était la même : il fallait vivre, quoi qu'il en coûte.

Un soir, alors que tous les plaisanciers avaient revêtu leurs habits de soirée, elle était allée tremper ses pieds enflés dans l'eau fraîche, puis avait continué d'avancer clopin-clopant jusqu'à ce que la mer lui arrive à mi-cuisse. Elle se serait immergée tout entière si elle n'avait pas eu peur de couler… Seule sous la voûte noire trouée d'étoiles, elle avait regardé les lumières de la ville, imaginant l'ambiance animée des établissements chics où l'on dînait de fruits de mer et de poisson frais.

Maria repensa soudain à ses parents, morts depuis belle lurette, qui n'avaient jamais connu la caresse de l'océan, à ces besogneux qui n'avaient pas une fois franchi les frontières de la Haute-Saône. Elle leur avait promis de leur offrir un jour un voyage en seconde pour les emmener voir Paris. Sa proposition avait déclenché un tonnerre de protestations : « Monter dans cet engin de malheur, nous vivants, jamais ! Il en a déraillé un pas plus tard que la semaine dernière, tiens ! Ah faut les voir, les éclopés ! Ils ont voulu partir, et voilà comment le sort s'est chargé de les punir… » tempêtaient-ils en regardant leur fille, les yeux lourds de sous-entendus. Combien de fois les avait-elle revus après son départ sur les routes ? Pour tout dire, les retrouver toujours plus cassés, vieillis, ratatinés lui donnait un bourdon pas possible. La dernière fois, ils vivaient dans une misère qui lui avait mis le cœur en miettes. Vêtus de hardes rapiécées, les pieds nus dans leurs sabots, ils l'avaient accueillie avec un sourire édenté. Le sol ici ne buvait pas. L'eau, la boue, le purin… tout stagnait bêtement à la surface. Au milieu de ce cloaque, la bicoque où elle avait grandi semblait s'être affaissée au même rythme que ses parents. Maria leur avait parfois envoyé quelques sous quand ses cachets le lui permettaient, mais ça n'avait pas empêché la misère de les ronger jusqu'à la moelle. Dans la pièce à tout faire (en deux mots, manger et dormir), sa mère lui avait offert un breuvage marronnasse qu'elle avait présenté comme du café. Maria ne pouvait pas détacher les yeux des mains de son père, devenues presque minérales à force de travail. En regardant ces deux énormes battoirs, on se disait que ce vieillard voûté devait pouvoir briser un cou d'homme sans effort.

Maintenant, songea Maria, c'était à son tour de se ratatiner. Mais tant qu'elle arriverait à tenir debout, elle s'était juré de profiter de tout ce que la vie avait à lui offrir. Et le temps lui était compté.

*

En septembre, Maria retrouva sa boutique rue Fontaine, encore plus poussiéreuse qu'elle ne l'avait laissée, toujours aussi petite et encombrée. Paris ne lui avait pas manqué mais, en posant ses valises, elle qui avait longtemps mené une existence de saltimbanque s'aperçut que Montmartre était devenu son foyer. Elle toqua chez Julia, à qui elle était empressée de raconter les Anglaises, les chichis et les bains de pieds. Elle trouva son amie dans le noir, l'air hagarde. Quelques jours plus tôt, une jeune domestique était morte dans sa chambre de bonne après avoir recouru à ses services. Tandis que Maria tentait de réconforter son amie, un souvenir surgit intact des tréfonds de sa mémoire. Et voilà qu'elle se mit à raconter un épisode de sa vie qu'elle n'avait jamais partagé. Elle n'était déjà plus toute jeune quand la chose était arrivée et elle n'avait pas eu beaucoup à tergiverser. Quelle vie aurait-elle bien pu offrir à un enfant, elle qui ne savait déjà pas de quoi le lendemain serait fait ? Qui aurait accepté de faire travailler une fille-mère au corps déformé par la maternité ? Alors elle avait trouvé une *adresse*.

Quand elle s'était retrouvée face à la faiseuse d'anges, les pieds et les poings attachés avec du fil de fer, un tampon d'éther coincé dans la bouche, elle avait repensé aux récits qui se chuchotaient quand elle était enfant, ces histoires de filles engrossées qui se terminaient en boucherie, comme celle de cette lointaine cousine qu'on avait retrouvée gisant dans son sang après qu'elle avait essayé de s'avorter seule avec une aiguille à tricoter. Le lendemain de l'opération, dévorée par la fièvre, Maria, qui ne croyait pas en Dieu, avait prié pour ne pas y passer. Il n'empêche, la faiseuse d'anges l'avait aidée, elle avait fait de son mieux, Maria savait ce qu'elle lui devait.

« C'est pas ta faute, Julia, chuchota-t-elle en lui caressant les cheveux. On va te remettre sur pied, ça va aller mon petit, ça va aller... »

Julia renifla, se hissa sur ses jambes, ouvrit les volets puis se tourna vers Maria : « Raconte-moi Trouville, s'il te plaît... »

*

Quelques jours après son retour, Pierrot vint trouver Maria un soir, l'air aux aguets. « Voyez donc cette mine requinquée ! lança-t-il d'un air faussement jovial. On m'a dit que t'étais de retour au bercail.

– Faut croire qu'on t'a pas menti ! Je commençais à me demander si tu attendais Noël pour me rendre visite...

– C'est que les nouvelles ne sont pas tellement bonnes, Maria. La flicaille a sorti le grand jeu pour coffrer la bande à la Grosse Receleuse : une *brigade inter-magasins*, rien que ça.

– Bah ! Tu vas tout de même pas te laisser avoir par ces grands mots !

– Ça sent mauvais, crois-moi. Il va falloir y aller mollo, le temps que ça se tasse.

– T'iras expliquer ça à mes clientes ! Et puis y'a pas que les grands magasins dans la vie ! Et les bijoutiers et les fourreurs ? Les villas et les hôtels particuliers ?

– Tu sais bien que mes gars sont pas formés pour ça, c'est pas le même métier. Mais on va s'y mettre, monter l'équipe, trouver les lieux, mettre au point la façon de faire… Tout ça, ça demande un peu de temps. Et en attendant, on fait profil bas. »

Les semaines suivantes, Maria serra les dents. Les nouvelles n'étaient pas bonnes, en effet. Une armée d'inspecteurs rôdait autour de tous les grands magasins de Paris, traquant le moindre larcin. À Montmartre, l'ambiance était électrique. Une nuit, Maria fut réveillée par un bruit sourd. Le tenancier du bar d'à côté venait de flanquer une balle dans le ventre à un sale type de la butte, un loustic du genre couteau suisse : trafiquant de coco, souteneur et voleur, assassin s'il le fallait. Il l'avait bien cherché. Mais tout de même, elle n'aimait pas que les balles sifflent si près de chez elle. On n'était pas au Far West.

Pour tout dire, Maria était fatiguée. Trouville avait déjà un goût de nostalgie. Elle se prenait à rêvasser, s'imaginait prendre du bon temps ici et là, souvent dans des contrées lumineuses bordées par la mer, parfois même accompagnée de Julia. Elle ne se déplaçait qu'au prix d'efforts de plus en plus démesurés, le moindre mouvement la faisait grimacer. L'arthrose rongeait ses articulations, les soucis lui dévoraient le cerveau. On lui livrait de moins en moins de marchandises, on pinaillait sur les tarifs. Son maigre stock fondait. À ce rythme, elle n'aurait bientôt plus que les cintres à proposer. Bien sûr, les clientes s'étonnaient de ne plus trouver chaussure à leur pied. Certaines se plaignaient avec hargne, comme si Maria y mettait de la mauvaise volonté. Après quelques déconvenues, même les plus fidèles cessaient de venir pour de bon. On l'aimait bien Maria, mais elle ne méritait plus son surnom de Reine des fourgues…

Qui était-elle sans ses clientes, sans sa boutique, sans son titre ? Il fallait qu'elle récupère les malles, c'était le seul moyen de se relancer.

MARTHE

Marthe n'avait pas encore décidé quel 78 tours elle allait mettre pour entamer la soirée que la sonnette retentit. « Lazare, forcément… Il n'y a que lui pour arriver avec vingt minutes d'avance… », pensa-t-elle tout haut tandis que François, le maître d'hôtel, s'empressait d'aller ouvrir.

C'était bien Lazare Bloch, moustaches taillées à l'américaine et chapeau à larges bords sur la tête, qui entra d'un pas joyeux dans l'hôtel particulier où Marthe venait d'emménager.

« J'ai failli être en retard ! Quelle idée de t'expatrier à Boulogne, Marthe, je sais bien que la vie est chère mais enfin tu as les moyens de…

– Tais-toi donc et laisse François te débarrasser de ton pardessus… Allez viens, suis-moi, assieds-toi ici et pas bouger !

– Bon, bon… fit Lazare en inspectant les lieux. Mazette, ça respire la prospérité ici ! Je dirais même la respectabilité. Tapisseries d'Aubusson, biscuits de Sèvres…

– Je suis particulièrement fière de celui-ci, un authentique Falconet du XVIIIe, sourit Marthe en caressant une sculpture représentant un groupe de nymphes.

– Madame est devenue experte en arts décoratifs !

– Tu sais que j'aime savoir dans quoi j'investis… Regarde le lustre là-bas, c'est un Chaumont du XIXe. Trente-six lumières, bronze ciselé et cristaux de Montcenis. Une petite fortune. Presque autant que ce que tu peux perdre en une soirée au baccara à Deauville ! »

Marthe était friande de toutes les avant-gardes qui choquaient l'esthétisme bourgeois : le cubisme, le jazz, Le Corbusier, Mallet-Stevens… Mais seul son bureau était moderne : de la loupe d'orme, du cuir, du verre. Pour tout le reste, elle s'était entourée de meubles qui avaient déjà vécu. En autodidacte du luxe, c'était le moyen qu'elle avait trouvé pour se prémunir contre le mauvais goût : faire confiance à celui des générations passées. L'ensemblier avait arrangé la nouvelle demeure sous son étroite surveillance. L'une de ses plus grandes fiertés était son installation musicale, qu'elle tenait pour la plus étonnante de Paris : à sa demande, un ingénieur avait placé des haut-parleurs aux quatre coins du salon, à des hauteurs et des angles différents. Quand Wagner se déchaînait, on aurait dit que les Walkyries débarquaient à Boulogne.

Outre une femme de chambre, Marthe employait un couple qui avait servi dans de grandes maisons : Catherine, cuisinière consommée, et François, maître d'hôtel distingué. Tous deux concouraient à sa réputation par une cuisine, une cave et un service de grand style.

Marthe s'était rapidement prise d'amitié pour eux. Sous leurs dehors zélés et austères de parfaits domestiques, elle appréciait leur dévouement sincère et la façon dont ils étaient aux petits soins pour elle. Ils portaient une grande affection à cette patronne qui n'hésitait pas à venir s'asseoir sans manière à la table de la cuisine pour discuter de la pluie et du beau temps. Marthe s'occupait de placer leurs économies en vue d'assurer leurs vieux jours, comme on le ferait pour des parents.

Ce jour-là, en prévision de ce dîner d'intimes, Marthe avait concocté le menu avec eux, soucieuse de trouver l'équilibre parfait, celui qui concilierait son goût du raffinement et son appétit d'ogresse. Le luxe, d'accord, mais elle restait avant tout une bonne vivante. « Caviar et saumon à la norvégienne, poulet de grains à la broche accompagné de haricots verts au beurre et de pommes de terre sarladaises, savarin à la crème et petits fours secs », avait résumé Catherine. « Arrosés d'un Clos Julien blanc, suivi d'un Château-Lussac rouge. Liqueur de cerise pour terminer », avait complété son mari.

Pour la bonne chère comme pour les voyages, la musique, le cinéma ou les automobiles, ce que Marthe aimait, c'était pouvoir dépenser comme bon lui semblait, sans avoir à compter. Il lui fallait étancher sa soif de tous les plaisirs que pouvait offrir l'existence, à mille lieues de sa mère obsédée par l'idée d'économiser, de thésauriser.

« Je n'ai pas droit à une visite complète des lieux ? s'enquit Lazare.

– Quand nous serons au complet, ce qui sera vite fait : je n'ai convié que Josèphe, maître Dominique et Descaves.

– La crème de la crème, autrement dit ! »

Alfred Dominique, que tous appelaient maître Dominique, était l'avocat, ami intime et ex-amant de Marthe. Curieux de tout, érudit, aussi à l'aise dans les bas-fonds qu'à la table des ministres, c'était un bon vivant à la gaieté rabelaisienne qui avait pour devise : « Cueille le jour et sois prêt pour le pire lendemain, sans regret. » Il était également franc-maçon, membre actif du Parti radical et faiseur de députés. Lui-même plusieurs fois candidat à la députation, il n'avait essuyé jusqu'alors que des défaites, ce qui n'avait en rien entamé ni son influence au sein du parti ni sa détermination.

Pierre Descaves, quant à lui, était le secrétaire général de la rédaction de *La Gazette.* Fils du romancier à succès Lucien Descaves, il était lui-même un créateur dans l'âme, auteur de pièces et de livres, mais aussi un homme de radio qui avait participé en pionnier à la diffusion des premiers journaux parlés. Marthe lui portait une grande estime et lui faisait une totale confiance.

L'année 1926 avait placé le pays sous le signe de la finance. La livre avait atteint deux cent quarante francs, le débat sur le budget avait fait tomber le cabinet d'Aristide Briand. Devant l'ampleur de la crise financière, son rival Raymond Poincaré avait été rappelé à la tête du gouvernement en juillet. Le pouvoir était passé aux mains du « Tondeur » pour trois ans.

La Gazette, elle, avait fêté ses deux ans et défendait inlassablement la stabilité du franc et la paix en Europe, sur un ton combatif, presque martial, à l'image de Marthe qui en tenait fermement les rênes. Le journal s'était rapidement imposé par la qualité de ses collaborateurs, des plumes prestigieuses de tous bords, et la renommée des personnalités du monde économique et politique à qui elle donnait la parole dans ses colonnes.

Mais, même si elle croyait sincèrement aux causes qu'elle défendait, ce n'était pas *La Gazette* qui enrichissait Marthe. Elle avait créé en parallèle le Groupement technique de gérance financière, le GTGF, une petite affaire de remise et de banque. Celui-ci recrutait une clientèle d'investisseurs pour les agents de change, qui lui concédaient en échange une remise sur les courtages facturés et menait également ses propres opérations de banque et de bourse. *La Gazette* servait à orienter les lecteurs vers les conseils financiers donnés par le GTGF et vers les titres auxquels il s'intéressait.

Pour parfaire encore le système, Lazare avait convaincu Marthe de créer des réseaux de syndicats, des groupes d'investisseurs qui décidaient de mettre en commun des titres auxquels ils croyaient, de les garder en portefeuille puis de les vendre en période de hausse en se partageant les bénéfices.

L'intérêt minimum servi était de 8 % et la participation aux gains pouvait atteindre 40 % du capital versé. Si un syndicataire voulait reprendre son argent, il en faisait la demande un mois à l'avance et on apurait ses comptes. En cas de besoin, il était ainsi remboursé presque instantanément avec l'argent gagné sur de nouvelles tranches de souscriptions. Pour résumer, on servait les intérêts et on remboursait leur mise aux sortants avec l'argent des nouveaux entrants. Une clause prévoyait que « les souscripteurs doivent s'engager à accepter les comptes tels qu'ils sont présentés sans exiger aucun détail des opérations ».

En bulldozer de la finance, Marthe imaginait inlassablement de nouveaux montages, créait sans cesse de nouvelles sociétés. Chacune rachetait les titres de l'autre, ce qui faisait monter les cours mécaniquement et attirait ainsi de vrais investisseurs qui apportaient de l'argent frais.

De cinq personnes à ses débuts, Marthe en employait désormais une centaine et gérait plus de mille cinq cents comptes clients. Elle était à la tête d'un groupe qui commençait à compter dans le milieu de la finance.

La présidente travaillait parfois quarante-huit heures d'affilée à grand renfort de café, tour à tour charmant, donnant des ordres, réprimandant, félicitant. Ses collaborateurs louaient sa vigueur masculine et sa volonté de fakir. Mais sa réussite insolente et sa personnalité singulière ne lui attiraient pas que des sympathies. La « mère Hanau », comme on la surnommait avec mépris à la Bourse, devait se battre pour se faire respecter, ignorer les médisances, parer les coups bas. Au bout de quelques mois, Charles Bertrand, le rédacteur en chef de *La Gazette*, avait été accusé par l'Association républicaine des anciens combattants d'abuser de ses fonctions pour placer des titres douteux auprès des rescapés de guerre. Acculé, il avait dû démissionner. Courville, effrayé, avait voulu quitter le navire lui aussi, mais Marthe avait déployé les grands moyens pour le retenir. Elle venait de racheter ses actions au Roi de la perle et avait constitué le journal en SA au capital de

1,5 million de francs. Elle lui avait offert de coprésider avec elle le conseil d'administration : il n'aurait rien à apporter en capital, et elle lui attribuerait le paquet d'actions que devait posséder un président. Le comte de Courville avait cédé. Lazare et Marthe apparaissaient officiellement dans la direction du journal en devenant administrateurs délégués et Josèphe, qui avait apporté deux millions d'un héritage, était devenue secrétaire générale.

Ce soir-là, entourée des siens, Marthe se sentait de fort bonne humeur. Après des mois passés à toute allure, presque en apnée, l'été était enfin là, les vacances à Deauville approchaient, elle allait pouvoir souffler.

« Bon, puisqu'on a un peu de temps, Marthe, il faut que je te raconte mon escapade en Normandie…

– Ah non Lazare, on avait dit qu'on ne parlerait pas de travail ce soir », soupira Marthe, qui venait de comprendre que le coup des vingt minutes d'avance n'avait rien d'innocent.

Son ex-mari avait passé quelques jours à Rouen pour faire connaître *La Gazette* à la bourgeoisie locale, avec l'ambition de lever de nouvelles souscriptions.

« Écoute donc ! reprit Lazare. J'ai fait la tournée des notables : des colonels, des magistrats, des hauts fonctionnaires en retraite… Ces braves hommes m'ont tous dit la même chose : ils seraient ravis d'investir mais ils manquent d'argent liquide ! Après tout, ça n'a rien d'étonnant : sous le règne de notre bien-aimé Poincaré, tout est placé et mieux vaut ne rien vendre ! C'est alors que j'ai eu une idée géniale, Marthe… Pourquoi les syndicataires ne pourraient-ils pas apporter leurs titres en guise de participation ?

– Mais enfin, les titres ne nous donneront pas d'argent frais ! On sera condamnés à les garder en coffre, la belle affaire !

– Que nenni ! En quoi le client serait-il lésé si on traitait ses titres comme de l'argent liquide, c'est-à-dire si on les négociait ? Il suffirait qu'on lui rende, à la liquidation, une action de la même société et du même montant ! Qui s'en plaindrait ? »

Marthe resta silencieuse quelques instants, les sourcils froncés, intensément concentrée.

« Est-ce qu'on ne va pas au-devant de complications légales… réfléchit-elle à voix haute.

– Madame Hanau, permettez-moi de citer Mirabeau : “De l'audace, de l'audace, toujours de l'audace !”

– Danton, Lazare…

– Dans mon… ?

– La citation, Lazare… Elle est de Danton. »

La sonnette retentit et François ouvrit la porte aux trois autres convives arrivés ensemble : Josèphe, maître Dominique et Descaves. Du hall, Marthe entendit la voix tonitruante de maître Dominique : « Ma chère Marthe, quel goût exquis ! Ma parole, vous avez dévalisé un château ! Et ce son merveilleux ! Où se cache l'orchestre philharmonique ? »

Marthe se fit un plaisir de faire les honneurs à maître Dominique et Pierre Descaves de son installation musicale, tandis que Lazare accueillait Josèphe à bras ouverts.

« Ma chérie, toujours aussi mince et séduisante ! Mais tu es habillée tout en noir ! De qui es-tu en deuil, ma poulette ?

– Lazare, ne me dis pas que tu n'es pas au courant…

– Au courant de quoi ? Qui est mort ?

– Mais Lazare, c'est une petite robe noire de Chanel ! C'est le dernier cri pour se rendre dans une soirée mondaine quand on est moderne !

– Grands dieux ! Descaves, vous avez entendu ça ? Maintenant, elles s'habillent en deuil pour aller dîner ! Ces femmes, jusqu'où vont-elles aller ? »

Quelques minutes plus tard, tous étaient attablés, un verre de Clos Julien à la main.

« Chers amis, je voudrais porter un toast à Raymond Poincaré, dont nous fêtons l'anniversaire du ministère d'Union nationale, lança Lazare en levant son verre. Un an déjà sous le règne de M. Austère ! Plus que deux à tirer !

– Oh, tu nous ennuies Lazare avec ta politique, le rabroua Josèphe. Vous savez qu'à l'automne les Américains vont sortir un film parlant ? *The Jazz Singer*. C'est vraiment époustouflant !

– Voilà qui va faire bondir notre pauvre Courville, lui qui ne jure que par le théâtre, sourit Descaves. N'est-ce pas, Marthe ?

– Ne remuez pas le couteau dans la plaie Pierre, s'il vous plaît. Je me bats tous les jours pour lui faire admettre que le progrès technique est une bonne chose et qu'en découlera un progrès historique. J'en suis à écrire moi-même des articles anonymes dans *La Gazette* pour expliquer que l'avion et la TSF changeront le monde, rapprocheront les peuples et éloigneront finalement les guerres parce qu'elles proviennent de l'ignorance… J'ai même parié avec lui que, dans dix ans à peine, le journal parlé à la TSF toucherait autant de monde que l'ensemble de la presse écrite. Ça l'a beaucoup fait rire… Quel dinosaure !

– Je suis complètement d'accord avec toi, Marthe, approuva Descaves. D'ailleurs, tu as entendu qu'après Radio Tour Eiffel, Paris PTT a commencé elle aussi à diffuser un journal parlé ?

– Oui, j'aurais dû intéresser le pari…

– Toi et ta caisse enregistreuse à la place du cœur… la provoqua Lazare, reprenant à son compte l'expression des contempteurs de Marthe, laquelle fit mine de lui lancer un regard noir.

– Au fait Marthe, j'ai le comptable dont j'oublie toujours le nom qui me court après…

– Laisse-le courir, va ! Ah, les comptables, voilà une profession qui m'horripile… Toujours à vous réclamer des papiers, des justificatifs, à vous mettre des bâtons dans les roues… Moi, ça fait longtemps que je les ai classés dans la catégorie "ne servent à rien qu'à vous compliquer la vie" !

– L'ennui, ma chère tête brûlée, intervint maître Dominique, c'est qu'on peut difficilement se passer de comptabilité quand on s'appelle Marthe Hanau et qu'on est à la tête de plusieurs dizaines de sociétés…

– Je vais vous dire autre chose, cher Maître. Quand on s'appelle Marthe Hanau, on a une responsabilité vis-à-vis de tous les épargnants qui lui font confiance. Et, mes amis, je suis d'avis qu'il est temps de s'attaquer au système, et plus précisément aux grandes banques.

– Marthe, fais attention à toi, la mit en garde maître Dominique. On ne s'attaque pas impunément à la profession…

– On ne citera pas de noms. On clamera haut et fort la vérité : les grandes banques rémunèrent les dépôts des épargnants à 1 %, alors qu'elles prêtent à des taux allant de 8 à 12 %. Autrement dit, elles s'engraissent sans vergogne sur le dos de leurs clients !

– Marthe, sois raisonnable, intervint Lazare, tout à coup sérieux. Si tu te mets en travers de la route d'un Horace Finaly, je ne donne pas cher de ta peau. Ni de la mienne… »

Horace Finaly. L'homme le plus puissant de la profession. Plus influent qu'un ministre. Directeur de la Banque de Paris et des Pays-Bas, intermédiaire des investissements du groupe Rockefeller en France, il avait fait rayonner sa banque à l'international, administrant la Banque des pays du Nord, la Commerciale Italiana, ainsi que d'autres banques et de multiples sociétés commerciales dans le monde. C'était un homme avide de pouvoir, fidèle à la France, proche du monde politique comme pouvait l'être un grand banquier privé[1]. Il avait de surcroît mis sous tutelle la puissante Havas, à la fois

1. À cette époque, la Banque de France, hors son gouverneur, était dirigée par des banquiers privés. Elle prêtait au Trésor et garantissait ses emprunts.

agence de publicité et propriétaire de plusieurs titres de presse. Économie, politique, presse… tous les pouvoirs réunis en une seule main.

C'était aussi un personnage complexe, qui fascinait Marthe – à son corps défendant. D'origine israélite, émigré de Budapest avec sa famille à l'âge de dix ans, champion de fleuret, passionné d'art et de littérature, parlant plusieurs langues, veuf modèle à la façon des grands amoureux romantiques… Un esprit brillant, en somme, que la nature avait enfermé dans un corps étonnamment lourd et disgracieux. Le « Quasimodo de la finance », se plaisait à le surnommer maître Dominique. Marthe le haïssait autant qu'elle l'admirait. Comme lui, elle rêvait d'influer à la fois sur les cercles financiers et sur les cercles politiques. Comme lui, son ambition était de rayonner plus que de posséder.

« Je sais, Lazare, je sais… répondit Marthe en souriant. S'en prendre aux grandes banques, c'est David contre Goliath. Mais rappelle-moi, qui a gagné déjà ? »

*

La première fois que Marthe avait entendu parler de Pierre Audibert resterait gravée dans sa mémoire. C'était un jour de décembre, gris et pluvieux. Descaves, le secrétaire général de la rédaction, avait passé une tête ennuyée dans l'entrebâillement de la porte : « Marthe, on a un problème, Girod a un empêchement pour Lille. »

Depuis plusieurs semaines, le journal organisait dans les villes de province les « grandes conférences de

La Gazette », des raouts qui déplaçaient les foules et étaient autant d'occasions pour Lazare et son équipe de ferrer de futurs investisseurs.

À Lille, une personnalité en vue, le général Girod, devait venir parler de l'Europe, de la paix, des finances, des conditions de la prospérité. À l'annonce de son désistement, Marthe avait bondi : « Pas question d'annuler, la salle est réservée, on a convoqué le ban et l'arrière-ban de la bourgeoisie locale ! On a une solution, un remplaçant ? »

Descaves avait alors proposé l'un de ses amis, Pierre Audibert, dont il avait résumé l'impressionnant *curriculum vitae* : grand blessé de guerre, rédacteur en chef du bulletin *L'Observateur européen*, locarnien[2], proche de la Société des Nations, ancien chef de cabinet d'Anatole de Monzie, auteur de cinq essais, et doté de la Légion d'honneur. De quoi en mettre plein la vue à la bourgeoisie lilloise.

« Éloquent ? avait demandé Marthe.

– D'Artagnan en personne, Madame.

– Bon, va pour d'Artagnan. De toute façon, ce n'est pas comme si on avait le choix. »

Quelques jours plus tard, à Lille, elle avait vu monter sur l'estrade un bel homme, avenant, délié, parfaitement à l'aise.

À la tribune, Pierre Audibert avait commencé par évoquer l'horreur de la guerre, racontant sa propre

2. Militant pour la paix en Europe, en référence aux accords de Locarno.

expérience des tranchées, sa trépanation, les terribles conditions de vie de ses hommes… Puis il s'était lancé dans un poignant discours sur l'espoir que faisaient naître les accords de Locarno, celui d'un nouvel ordre européen dans lequel l'Allemagne aurait toute sa place. La paix durable entre les nations, voilà ce à quoi l'Europe pouvait rêver ! Contre toute attente, sa fougue, sa conviction, son ardeur s'étaient communiquées à cette assemblée de bourgeois poincaristes acquis à « l'homme de la revanche ». Chacun commentait, opinait, applaudissait. Tous étaient conquis.

Marthe, elle aussi, avait vibré sous les mots d'Audibert. En elle, la banquière pensait que démocratiser l'investissement boursier favoriserait le progrès social et la paix, tandis que l'autodidacte récemment initiée aux arts et à la philosophie partageait cette utopie pacifiste.

Elle était tombée sous le charme de l'intellectuel et de l'orateur. Mais pas seulement. Le trouble était plus profond. En l'écoutant, elle avait l'impression de réconcilier ses aspirations intellectuelles, son ambition sociale et économique avec une forme d'idéalisme.

On le lui présenta à la fin de la réunion. Il raconta des anecdotes à la fois drôles et émouvantes. Et Marthe l'audacieuse, Marthe la guerrière, se sentit tout à coup empruntée comme une collégienne. Oui, elle avait beaucoup apprécié son intervention, oui, elle partageait ses convictions. Elle pensait même qu'ils devaient se rencontrer pour évoquer une collaboration. Dans le taxi qui la ramenait à son hôtel, Marthe en eut la certitude : elle voulait Pierre Audibert.

Elle l'appela dès le lendemain pour convenir d'un déjeuner la semaine suivante, mais, sans attendre, elle lui demanda s'il accepterait de transformer son *Observateur européen* en supplément de *La Gazette*. Et toujours au téléphone, dans le même souffle, elle lui proposa une rémunération de huit mille francs mensuels. C'était plus que le salaire d'un ministre, mais la fin justifiait les moyens.

Le matin du rendez-vous, Marthe retourna toute sa garde-robe. Non, décidément rien n'allait. Cette robe lui donnait l'air godiche. Celle-ci ? Elle la grossissait. Celle-là ? Trop triste. Il lui fallait quelque chose de plus, de plus… Comment dire… De plus féminin ! Oui c'est ça, plus féminin. Et cette silhouette… Elle avait beau serrer sa gaine au point de ne plus pouvoir respirer, ce corps se refusait à la minceur. Quant à ses bijoux, certes, ils étaient beaux, ils étaient chers. Mais ils étaient tartes.

Elle quitta finalement son hôtel particulier en pestant, récapitulant : prendre rendez-vous chez son coiffeur Antonio, commencer des bains et des massages amincissants, passer à la maison Lanvin pour renouveler sa garde-robe, faire remonter ses bijoux… C'était un bon début.

Elle arriva au déjeuner crispée mais l'esprit affûté. Il l'attendait à la table, l'air parfaitement décontracté. Elle sirota son champagne de la manière la plus distinguée qu'elle put, grignota les amuse-bouche sur lesquels elle se serait d'ordinaire jetée et rit à ses traits d'esprit du rire qu'elle voulait le plus cristallin possible.

Puis elle en vint à sa proposition, brossant les contours de ce que pourrait être *La Gazette des nations*. Alors elle oublia sa gaine trop serrée et ses manières faussement distinguées et, emportée par sa propre fougue, se lança dans un plaidoyer que rien ne pouvait arrêter. Le journal européen qu'elle lui proposait de créer avec elle serait conçu à l'image des préoccupations essentielles du temps. « L'homme d'affaires comprend à quel point il lui est important de savoir ce qui se passe, se dit et se prépare, à Amsterdam autant qu'à Hambourg, Bruxelles ou Zurich, jusqu'à la City et Wall Street. Les solidarités de la diplomatie en disent long sur les marchés. Nous soutenons la politique du franc. Nous voulons maintenant appuyer la politique de la paix grâce à un organe d'information dédié. Et rassurez-vous, il n'est pas question de faire de *La Gazette des nations* un simple supplément de *La Gazette du franc*, certainement pas ! Toutes deux fonctionneraient de concert, de façon complémentaire. Quelles belles synergies nous pourrions imaginer, tous les deux, entre ces gazettes ! ».

Audibert l'écouta attentivement, resta silencieux un moment, comme pénétré par ses paroles. Enfin il planta ses yeux dans les siens : « *La Gazette des nations* ne sera pas une entreprise. Ce sera une œuvre. »

Marthe sut qu'elle était amoureuse.

*

Le 14 janvier 1928 parut le premier numéro de *La Gazette des nations*, avec en une une déclaration signée de la main du ministre des Affaires étrangères, le radical Aristide Briand. Encarté dans *La Gazette du franc* elle-même rénovée, ce nouveau journal fit grand bruit dans le petit Paris des salles de rédaction. On jasa comme jamais sur la mère Hanau. Alors comme ça, voilà qu'elle se lançait dans la diplomatie, avec Audibert par-dessus le marché !

À Boulogne, dans le raffinement de la maison de Marthe qui charmait Pierre, ils avaient travaillé plusieurs semaines, nuit et jour, à faire émerger leur œuvre commune, se découvrant une entente parfaite.

Seule ombre au tableau : Pierre était un homme marié. Il avait épousé en secondes noces Raymonde, avec qui il formait un beau couple, lui brun et méditerranéen, elle, blonde, longiligne, gracieuse et fragile mais dotée d'un caractère bien trempé. Quand elle rencontra Raymonde, Marthe comprit tout de suite qu'il ne serait pas question de rivaliser sur le terrain du physique ou de la féminité. Mais elle n'était pas femme à baisser les bras. Pour s'approprier le cœur de l'homme qu'elle aimait, Marthe lutterait avec ses propres armes : la connivence intellectuelle, le pouvoir, le luxe rendu possible par l'argent. Dans les cercles politiques et intellectuels, Pierre Audibert était presque unanimement respecté. On ne partageait pas forcément ses convictions de gauche mais on louait sa sincérité, sa clairvoyance, son amour de la République. Marthe quant à elle était éblouie par son parcours et ses relations prestigieuses. Il avait été le chef de cabinet d'Anatole de Monzie, ministre des Finances du gouvernement radical d'Édouard Herriot, et entretenait les relations les plus amicales avec Pierre Laval. Il fréquentait assidûment le milieu de la Société des Nations où il était proche de la « bande à Briand ».

Prix Nobel et infatigable chantre de la paix, Aristide Briand s'opposait à Poincaré, l'homme de la revanche et de « l'Allemagne paiera ». Le protégé d'Aristide Briand, Philippe Berthelot, secrétaire général du Quai d'Orsay, fin lettré, amis des arts et de la littérature, appréciait Pierre qui en retour lui vouait une grande admiration. Marthe savait que, par amitié, Berthelot avait convoqué Pierre et qu'en présence d'Aristide Briand il lui avait proposé un marché : le Quai d'Orsay orienterait et soutiendrait *La Gazette des nations* à la condition *sine qua non* que leur accord reste secret. Au moindre accroc, il le désavouerait. Pierre y avait consenti comme à une évidence. Dans sa naïveté, il nc percevait pas le risque de consanguinité entre une entreprise financière et un journal politique…

Naïf, Pierre était aussi un idéaliste, certes résolu à faire vaincre ses idées, mais peu intéressé par le pouvoir et ses attributs. Tout cela attendrissait Marthe. Depuis ce jour de décembre pluvieux, elle se surprenait à devenir sentimentale… Elle s'émerveillait de voir son chevalier cultiver une folle ambition tout en se désintéressant du pouvoir de l'argent. Quelle force, de réussir à convaincre par la seule puissance des mots et des arguments, de séduire par des idées et non par des cadeaux ! Marthe rêvait Audibert ministre, tandis qu'elle serait égérie de la République, prêchant l'amour de la paix par le goût de l'enrichissement.

Les relations d'Audibert lui donnaient une envergure nouvelle. Pierre lui présenta ses amis politiques et l'on vit défiler à Boulogne anciens ministres, diplomates, éditorialistes et lettrés en tous genres. Philippe Berthelot ne se montrait pas à Boulogne, mais Peycelon, son adjoint, y avait table ouverte. De son côté, Marthe s'employait à déniaiser cet amoureux qui ne comprenait rien aux rouages de la Bourse, à éblouir cet idéaliste qui n'avait aucune fascination pour le pouvoir de l'argent. Qui mieux placé que ce renard de Lazare pour dispenser une formation financière à Pierre *in situ*, au palais Brongniart ? L'ancien mari supportait certes mal le nouvel amant : son talent, ses relations, sa réputation profitaient au journal, mais ces idées de gauche, le pacifisme, la laïcité… Tout cela n'était pas bon pour les affaires. Il s'acquitta néanmoins de sa mission avec son entrain habituel. Marthe vit revenir Pierre débordant d'enthousiasme : « Ce Lazare est un génie ! » Elle lui posa quelques questions sur le fonctionnement de la Bourse, comme une mère interroge son enfant qui rentre de l'école. Tour à tour, elle l'encouragea, s'attendrit de ses erreurs, rit de sa naïveté. Elle avait beau être sa cadette de cinq ans, elle ne pouvait s'empêcher d'éprouver pour lui un sentiment quasi maternel. En février 1928, elle nomma son amant fraîchement formé rédacteur en chef des deux *Gazettes*, fit passer ses appointements à dix mille puis quinze mille, et lui offrit une Buick dernier cri.

*

Marthe passait de plus en plus de temps à Genève où elle côtoyait le milieu de la Société des Nations. Plus que jamais, elle martelait son credo : en démocratisant l'investissement boursier, on favorisait le progrès social et la paix. Elle se plaisait à s'imaginer en figure historique, prophète de l'enrichissement, grande ambassadrice de la paix entre les peuples…

Sa première apparition à la SDN ne passa pas inaperçue. Lazare avait jugé tout naturel de louer une Rolls avec chauffeur en livrée, et toute la smala s'était joyeusement entassée dans la voiture : Josèphe, Audibert, Lazare, une secrétaire et une femme de chambre ! On débarqua à Genève telle la délégation d'une richissime contrée étrangère. La fois suivante, Marthe demanda à Lazare de prévoir une arrivée moins fracassante. Lazare y consentit mais resta intraitable sur la nécessité de séjourner à l'hôtel des Bergues, où descendait la fine fleur de la diplomatie internationale. Ce soir-là, confortablement installés dans les fauteuils moelleux du bar de l'hôtel des Bergues, Marthe et ses compagnons sirotaient leur apéritif dans une atmosphère feutrée, tandis que le phonographe distillait en sourdine un charleston.

Audibert commentait les allées et venues des différentes délégations : « Vous voyez là-bas, Stresemann en grande conversation avec la délégation polonaise ? Les relations semblent détendues. Plutôt bon signe pour la résolution du conflit du couloir de Dantzig.

– Ah… dit Josèphe en bâillant. Ces cocktails sont vraiment délicieux, mon bloody mary est parfaitement réussi. Et toi Marthe, ce gin tonic ?

– Je ne sais pas comment vous faites pour boire ces cochonneries américaines, intervint Lazare. Pour ma part, j'en reste au Château d'Yquem. Il n'y a que ça de vrai.

– Ce que tu peux être vieux jeu Lazare, soupira Josèphe.

– Lazare allait se lancer dans un plaidoyer pour la tradition française lorsque se présenta à leur table un monsieur d'un certain âge, rosette au revers, col cassé et moustache à la Clemenceau.

– Ma chère Mme Hanau, quel plaisir de vous croiser ici !

– Cher comte ! Le plaisir est plus que partagé. Comment allez-vous ?

– Très bien ! Je voulais vous remercier de vive voix pour le précieux conseil boursier que vous m'avez donné cet été. Quelle magnifique intuition vous avez eue, quelle expertise fabuleuse, je n'en reviens pas ! Je n'aurais pas donné un kopeck pour ces titres et voilà qu'en un tournemain, ils atteignent des sommets.

– Chacun son métier cher Comte, moi la banque, vous la présidence de la Commission de l'aménagement du territoire. On ne peut pas être expert en tout.

– Sans doute, sans doute... Eh bien je vous laisse profiter de votre soirée, j'espère avoir le plaisir de vous revoir sous peu.

– Laissez-moi vous raccompagner à votre table mon cher comte », proposa Audibert en se levant de son fauteuil.

Alors que le comte s'éloignait avec Pierre, Marthe se tourna vers Lazare. « Combien ?

– Combien de quoi ?

– Le comte, combien ?

– Ah ! Attends que j'attrape mon carnet rouge, fit-il en chaussant ses bésicles. Voilà. Alors le comte, où est-il ? Voilà je l'ai. Ma foi, tout à fait honorable. En juin, on lui a fait acheter un paquet d'actions de La Royale pour cinq mille francs, on a pas mal animé le titre, on les a vendues et achetées plusieurs fois pour faire grimper la cote. Six mois plus tard on lui a conseillé de vendre, il a récupéré quinze mille francs. Trois fois sa mise, très correct.

– Parfait, justement je vais avoir besoin d'informations sur des placements fonciers. Je me rappellerai à son bon souvenir le moment venu.

– De l'argent bien placé Marthe…

– Attention, taisez-vous, sainte Nitouche revient ! s'écria Josèphe

– Sainte Nitouche ? demanda Lazare

– Mais Pierre, bien sûr, grimaça Josèphe.

– Quelle vipère tu es parfois, Josèphe ! pesta Marthe en la foudroyant des yeux. Pierre ne s'intéresse pas à ces choses-là, il est au-dessus de ces contingences. Il vise un monde meilleur, un monde de paix. Je ne veux pas le mêler à nos affaires d'argent.

– Pardon, j'aurais dû dire saint Pierre… »

Marthe était de plus en plus amoureuse. Et, pour la première fois, elle mélangeait amour et argent, politique et intérêts économiques. Elle savait que la rigueur qu'elle mettait dans ses affaires en souffrait, mais qu'il était bon de se laisser un peu aller… Elle commença à ne plus tenir de comptabilité.

Lazare s'inquiéta. Il ne reconnaissait plus sa partenaire d'affaires. « Tu es en train d'oublier ta devise d'autrefois : “Les opinions politiques sont le seul luxe interdit à un banquier” », la mettait-il en garde. Sur le terrain, ses clients, des petits-bourgeois de droite, étaient préoccupés eux aussi : n'était-ce pas dangereux pour les affaires de prôner ainsi des idées de gauche ?

Josèphe, quant à elle, ne supportait plus la relation de Marthe avec Audibert. Elle lui faisait des scènes atroces, criait, pleurait et menaçait. Marthe ne savait que faire de cette jalousie qui lui semblait puérile et dérisoire comparée aux enjeux du moment. Alors, celle qui avait été une amante généreuse, une assistante docile, une fidèle amie lui annonça qu'elle allait partir et lui demanda de lui rembourser sous trois mois les millions qu'elle lui devait. Marthe encaissa. Si l'on peut dire.

*

Un jour, Pierre mit Marthe dans le secret d'une stupéfiante information : Mussolini, l'homme fort de l'Italie, voulait lancer un emprunt italien en France l'année suivante. Aussitôt, elle décida de tout faire pour s'assurer l'exclusivité de sa diffusion. Elle savait ce qu'entrer dans ce jeu impliquait : elle se mettrait en concurrence frontale avec les grandes banques, Horace Finaly en tête. Qu'importe, elle se mit sur les rangs.

Quelque temps plus tard, Marthe apprit par ses informateurs que *La Gazette* faisait l'objet d'une série d'enquêtes de police. Mais à quoi bon perdre son temps et son énergie à s'inquiéter de ce qu'on racontait sur elle : tous les banquiers ne faisaient-ils pas l'objet de rapports de police où le vrai et le faux se mêlaient ?

D'autres sujets bien plus importants monopolisaient son attention. Début avril 1928, alors que la campagne pour les élections législatives battait son plein, Audibert arriva triomphant dans le bureau de Marthe : il avait obtenu une interview de Raymond Poincaré. L'homme avait posé ses conditions : soixante-quinze minutes, pas une de plus, et les questions devraient être envoyées à l'avance. Pour le prétendant à la présidence du Conseil, il s'agissait d'un entretien préélectoral consenti à un organe de presse hostile. Pour *La Gazette*, c'était une petite victoire. Marthe prépara Audibert comme on envoie un boxeur sur le ring.

Le jour J arriva, Audibert partit fébrile mais conquérant sous les encouragements de Marthe. Deux heures plus tard, il revint tel un général fourbu et glorieux. Marthe voulut tout savoir. Comme prévu, Poincaré avait listé glacialement ses projets d'assainissement financier. Audibert l'avait laissé parler un moment puis avait interrompu son exposé pour se lancer dans un fougueux monologue : *La Gazette* était depuis son origine dans la droite ligne de ses opinions sur le sujet ! Il en voulait pour preuve ces titres d'articles, ces manchettes, ces éditos ! Assommé par cette démonstration, Poincaré avait consenti, du bout des doigts, à écrire une brève déclaration manuscrite en faveur de la paix, adressée au directeur de *La Gazette*. Marthe fut prise d'un fou rire en imaginant la scène, tandis qu'Audibert savourait son succès : n'était-ce pas là un adoubement, une façon de reconnaître le bien-fondé de leur journal ?

Quelques jours plus tard, la photocopie du précieux témoignage, accompagnée de la photo de son auteur, fut publiée en une.

Fin avril 1928, le résultat des élections législatives tomba : la droite alliée au centre droit et au centre gauche remportait les élections. Raymond Poincaré redevint président du Conseil.

Dans le bureau de Marthe, les esprits s'échauffèrent. « Quand je pense que vous avez mis sa déclaration en une de *La Gazette*, comme si nous lui affichions notre soutien ! Si j'avais su que vous utiliseriez mon interview de cette manière, jamais je n'aurais accepté de la faire ! s'exclama Audibert.

– Pierre, lui répondit Marthe avec douceur, même si notre cœur est à gauche, nous ne pouvons pas attacher notre destin aux carrioles cahotantes des partis. Et comme tu le dis toi-même, notre seul parti est celui de la paix.

– Et puis c'était du pain béni, cette interview ! s'exclama Lazare. Les fonds récoltés par les syndicats sont montés en flèche, on n'avait jamais vu ça… L'adoubement de Poincaré, quoi de mieux pour aller draguer des personnalités de droite !

– Précisément, répliqua maître Dominique, si Poincaré apprend que vous l'avez utilisé à des fins lucratives, il vous le fera payer. Chèrement. »

*

Rien ne semblait pouvoir arrêter l'ascension de Marthe. Depuis la stabilisation du franc, le pays était pris d'une double transe, spéculative et immobilière. La confiance en l'industrie nationale renaissait.

Marthe se lança en fanfare dans l'immobilier. Elle fit l'acquisition de terrains à bâtir dénichés par Lazare à Boulogne, La Villette, Saint-Ouen, Saint-Denis. Elle s'était fait expliquer par les plus grands spécialistes le plan d'expansion de l'industrie parisienne et pariait sur de rapides plus-values. Elle investit également dans l'immobilier dans le Sud-Est, à Cannes, Juan-les-Pins, Saint-Aygulf… Marthe prophétisait que les Parisiennes en quête de soleil se rueraient bientôt dans ces contrées encore inconnues.

Elle acheta aussi un grand domaine au Lys-Chantilly : un terrain de golf, des bungalows, des champs en friches… Son idée était de s'inspirer du modèle anglais en créant par des campagnes de presse la mode du repos élégant de fin de semaine. Et bien sûr l'industrie du tourisme qui allait avec.

Il y avait une autre raison à cet achat, que Marthe avait gardée pour elle : des parlementaires friands de ses généreux conseils boursiers lui avaient promis d'abroger discrètement, lors d'une séance de nuit, la loi interdisant d'ouvrir un casino à moins de cent kilomètres de Paris. André, roi de Deauville et fondateur du casino du Touquet-Paris-Plage n'aurait bientôt plus qu'à s'incliner devant le casino du golf de Lys-Chantilly…

Ce jour-là, Marthe s'était déplacée accompagnée de Lazare et d'une cohorte d'architectes et d'entrepreneurs chargés de l'aménagement du lieu. Chapeau de pluie enfoncé sur la tête, bottes en caoutchouc aux pieds, plans sous le bras, Marthe avait pris la tête du petit groupe et avançait tel Christophe Colomb débarquant à Hispaniola.

« Alors ici, il va falloir m'asphalter les routes, dit-elle les yeux rivés sur l'horizon, mains en visière et geste large.

– C'est bien noté, madame Hanau. Pour l'hôtel nous l'aurions vu là-bas, vous voyez, derrière le bosquet…

– Oui parfait, style country club, on est bien d'accord ?

– Bien sûr. Avec une grande piscine, comme convenu.

– Et des palmiers, ajouta Lazare. Tu ne trouves pas que ça aurait de l'allure, Marthe, des palmiers ?

– Si je puis me permettre, monsieur Bloch, les palmiers, ça gèle sous nos climats, intervint le paysagiste.

– Bon eh bien mettez des lilas dans ce cas, trancha Marthe.

– Et des palmiers en pot à la réception », compléta Lazare, grognon.

Après avoir réglé les derniers détails, Marthe et Lazare remontèrent dans leur voiture en direction de

Paris. « Dis, tu n'as pas été chef de chantier dans une vie antérieure Marthe ? sourit Lazare.

– J'avoue que ça me plaît bien ! La vie au grand air, l'horizon à perte de vue et cette charmante petite odeur de crottin... Et puis, ce n'est pas comme la banque, c'est palpable, tangible. Ça fait du bien parfois...

– Justement, je trouve que tu travailles beaucoup en ce moment, ne va pas nous faire un surmenage ! Tu peux m'expliquer où tu en es de tes cogitations ?

– Oui, je commence à y voir clair. Mon but, c'est de consolider et d'étendre le groupe, de lui donner une place incontestée sur la place de Paris. Il faut viser une introduction en Bourse à terme. Et pour ça, il faut qu'on soit dans une légalité parfaite, avec des structures juridiques irréprochables. Donc mon idée est la suivante : d'abord on remplace les syndicats boursiers par des sociétés avec des statuts juridiques indiscutables, ensuite on regroupe tous les actifs immobiliers dans une société foncière et on les affecte à la garantie des opérations bancaires. Au-dessus de tout ça, on place une banque qui émet des bons de participation, ce qui nous permet de lever des fonds et d'apporter de la liquidité. Qu'en dis-tu ?

– Génial ! Et on continue à servir des intérêts attractifs bien sûr.

– Oui, bien sûr. Et dans deux ans, on se cote en Bourse !

– Je nous y vois déjà, Marthe ! Le groupe Hanau en Bourse, quel camouflet pour nos détracteurs ! Quelle revanche !

– Oui. Enfin, pour l'instant on n'y est pas. Il y a encore tellement de choses à faire que j'en ai le vertige parfois. C'est simple : je ne dors plus. »

C'était en effet un travail pharaonique qui absorbait Marthe jour et nuit. Au point qu'elle continuait à ignorer les menaces qui se multipliaient.

L'une d'entre elles se matérialisa un jour d'avril sous les traits de Georges Anquetil, le directeur de *La Rumeur*. Ce journal à scandale colportait ragots et insinuations diverses, propres à indigner le lecteur conservateur de l'époque et à détruire ainsi la réputation de ses cibles. Anquetil, en maître chanteur, soumettait aux plus aisées d'entre elles l'article qu'il s'apprêtait à publier et, contre dédommagement, proposait « d'oublier » de le faire paraître.

Un jour d'avril, Josèphe frappa à la porte de la présidente. La fille du bijoutier n'avait pas eu le cœur à mettre ses menaces de démission à exécution, mais elle se comportait comme une employée en préavis, indifférente et lointaine. Ce jour-là néanmoins, elle parut paniquée quand elle fit entrer Georges Anquetil dans le bureau de Marthe. Le gros homme rougeaud souriait derrière sa barbe. Marthe ne lui laissa pas le temps de s'asseoir et attaqua, souriante elle aussi : « Que me vaut cette visite surprise, Anquetil ? Vos petits copains de la Sûreté vous ont donné de nouveaux ragots sur moi ? À moins que ce ne soit l'inverse ?

– C'est que les temps sont difficiles pour *La Rumeur*, ma chère madame Hanau », répliqua-t-il, l'air larmoyant, en s'essuyant les mains sur son pantalon.

Marthe pensa à la formule d'Audibert à son propos : « Il a l'âme aussi moite que ses paumes. »

« Et il se trouve, reprit-il, que j'ai eu vent d'un article qui pourrait paraître dans nos colonnes dès demain si sa publication n'en était empêchée. »

Anquetil se mit à lire : « *La Gazette*, journal pacifiste ou officine bancaire ? Le client fait vœu d'aveuglement tandis que la presse se complaît dans un silence arrosé. »

Le papier décrivait les opérations bancaires, le fonctionnement des syndicats. « Des réclamations de clients, mécontents ou lésés, se produiraient quotidiennement, mais jusqu'ici les dirigeants ont pu faire face aux demandes de remboursement grâce aux ressources apportées par de nouveaux souscripteurs. De plus, l'affaire est mal gérée par ses administrateurs, qui dépensent de grosses sommes pour leurs besoins personnels. On dit en Bourse que si la presse n'a pas encore attaqué *La Gazette du franc*, c'est qu'un budget colossal de publicité a été prévu pour arrêter les campagnes éventuelles… »

Marthe fit éclater son plus gros rire. « Ne vous fatiguez pas, mon cher. Je connais. Et je ne marcherai pas dans votre chantage, car cet article reproduit un rapport envoyé à la Sûreté générale le 4 avril, deux jours après que Pierre Audibert a été reçu par le président Poincaré. Vous n'êtes pas le seul à en posséder le texte. Voici confirmé ce que dit maître Dominique : vous n'êtes pas un maître chanteur honnête. Vous envoyez à la police d'abord, et vous venez vendre l'affaire ensuite. »

Puis, prenant sa voix la plus charmeuse, elle mit fin à l'entrevue : « Allez vous faire foutre. »

En dehors de ces alertes, les affaires continuaient à prospérer, les sociétés, à se multiplier, les capitaux, à passer de l'une à l'autre, les souscriptions, à augmenter, et les clients, à affluer. *La Gazette* était devenue trop étriquée pour « animer » tous les titres du groupe Hanau. En juillet 1928, Marthe créa Interpresse, une agence de publicité qui nourrissait les pages financières de divers journaux à condition qu'ils ne soient pas sous contrat avec Havas, chasse gardée d'Horace Finaly.

Marthe commençait à faire de l'ombre aux grandes banques : la Société générale, la Banque de Paris et des Pays-Bas… Elles ripostaient *via* leurs intermédiaires en clamant à qui voulait l'entendre que le groupe Hanau ne se portait pas si bien que ça. Une banqueroute était si vite arrivée…

Par ailleurs, comme le redoutait maître Dominique, Poincaré avait appris que son interview préélectorale dans *La Gazette* avait été utilisée à des fins commerciales et il en était furieux. D'autant que ses ennemis ne s'étaient pas privés de s'offusquer que le Tondeur, l'Incorruptible, fasse la publicité d'une officine louche, et de gauche radicale de surcroît !

Les rapports de police se multipliaient. L'un visait les pratiques des démarcheurs qui utilisaient les déclarations de personnages célèbres parues dans *La Gazette* pour soutirer des souscriptions et dénonçait les pratiques des syndicats qui manipulaient les cours de Bourse. D'autres mentionnaient les accointances politiques de Marthe avec « la bande à Briand » et la gauche radicale. En particulier, celui du 24 juillet rapportait une rumeur selon laquelle Philippe Berthelot, secrétaire général du Quai d'Orsay et bras droit d'Aristide Briand, livrerait des informations privilégiées à *La Gazette* sur des opérations financières. Marthe savait que c'était faux, mais c'était de nature à plaire à Poincaré. Elle n'ignorait pas que la haine entre Poincaré et Berthelot dépassait leurs simples personnes – elle était quasiment tribale. Leurs deux familles appartenaient à l'élite française : savants, politiciens, universitaires. L'une bourgeoise et républicaine, l'autre laïque et de la gauche libérale, les deux clans s'affrontaient régulièrement. Poincaré voulait abattre Berthelot mais celui-ci était protégé par Briand. Une compromission dans un scandale financier serait une aubaine. Marthe prit peur.

Mais elle continuait d'avancer, avec Lazare à ses côtés. En quête de respectabilité, il fit acheter pour douze millions comptant un immeuble aux 124-126, rue de Provence, dans le 9e arrondissement de la capitale, pour y installer le siège social de toutes les sociétés du groupe. L'incorrigible Lazare s'était débrouillé sans le vouloir pour que la situation soit cocasse : le 122 de la rue abritait le One Two Two, la maison close la plus réputée de Paris…

Marthe s'empressa d'aller visiter les lieux. La chambre chinoise, la chambre orientale, la chambre de tortures médiévales… Toutes étaient conçues pour assouvir les fantasmes des hommes les plus haut placés du pays, de la politique à la finance en passant par l'industrie. Marthe trinqua avec ses nouvelles voisines, qui la remercièrent avec effusion de leur amener de la clientèle fraîche aux heures de bureau, habituellement creuses pour elles. « Ces messieurs de la banque ont un appétit féroce… » rirent-elles avec une lueur de mépris dans les yeux. Marthe quitta le One Two Two légèrement ivre et nauséeuse.

*

Le 21 juillet, Mussolini accorda à *La Gazette* une longue interview sur la paix. Les pourparlers pour que le groupe Hanau obtienne l'exclusivité du lancement de l'emprunt italien avançaient. Marthe apprit qu'Horace Finaly et la banque de l'Union parisienne, également sur les rangs, enrageaient…

Le temps des vacances arriva. C'étaient plutôt de longs week-ends à vrai dire, durant lesquels, une fois le journal bouclé, tout le monde se retrouvait à Deauville. Toute la smala débarquait dans la grande maison que Marthe avait louée face à la mer : les domestiques Catherine et François, Lazare, Josèphe et son mari, maître Dominique, plus quelques amis de passage.

L'air était doux, les retrouvailles, joyeuses, les dîners, arrosés. L'amitié réchauffait le cœur de Marthe mais, pour la première fois, rien ne pouvait lui faire oublier totalement les ombres qui planaient sur son clan. Elle travaillait d'arrache-pied tous les matins. Elle avait appris que le standard de la rue de Provence était sur écoute. Les maîtres chanteurs, sans doute renseignés par la police, la harcelaient, mais elle faisait front.

Pierre les rejoignit bientôt avec sa femme Raymonde. Un pincement de douleur étreignait Marthe chaque fois qu'elle posait le regard sur cette créature dont elle était l'antithèse. Un jour, elle voulut savoir : « Est-ce que tu penses que ta femme est au courant pour nous ?

– Oui et non…

– C'est-à-dire ?

– Eh bien elle est tombée un jour sur une de tes lettres et elle a trouvé que le ton, les mots n'étaient pas que professionnels. Enfin rien de précis, juste une intuition de sa part.

– Et que lui as-tu dit ?

– Que veux-tu que je lui dise Marthe ? Je lui ai dit qu'elle se trompait, qu'elle n'avait aucune raison d'être jalouse. Que tu avais peut-être un petit penchant pour moi mais qu'il ne se passait rien.

– Qu'il ne se passait rien pourquoi ? Parce que je ne te plaisais pas ?

– Oui, que tu n'étais pas mon genre, quelque chose comme ça… »

Marthe comprit instantanément. « Marthe Hanau ? Tu l'as bien regardée ? Tu m'imagines avec elle ? C'est ridicule ! » La petite trahison, la lâcheté ordinaire de son extraordinaire amant lui firent l'effet d'une flèche dans le cœur.

Mais Marthe fit comme si de rien n'était et s'accommoda de la situation, et de Raymonde. Elles aimaient toutes les deux le même homme. Au fond, n'y avait-il pas là une forme de sororité ? Et puis Marthe était très « famille », clanique même. Quand elle faisait entrer quelqu'un dans son cercle d'amitié, elle avait aussi des largesses pour ses proches. Ainsi, elle avait embauché à des postes de direction le beau-frère de Pierre, son ami intime Gilot, pressentait un autre beau-frère pour s'occuper de la banque, parlait de faire fructifier l'argent de la famille Audibert…

Elle prit Raymonde sous son aile. Après ses séances de travail avec Pierre, elle sortait au casino avec elle. Visiblement, Raymonde s'ennuyait ferme. Marthe à ses côtés jouait, imperturbable, s'appliquant à se fendre d'un large sourire qui toutefois ne montait pas jusqu'à ses yeux, lesquels exprimaient plutôt l'agacement. Décidément cette petite-bourgeoise, fille de notaire, ne s'intéressait à rien de ce qu'était son monde à elle. Mais qu'importe, Marthe avait décidé que Raymonde, rétive ou pas, ferait partie de la famille, du clan. Son instinct de joueuse la poussa vers un pari osé. Le 15 août, elle nomma Raymonde secrétaire général d'Interpresse. Comme souvent, son intuition ne l'avait pas trompée : Raymonde ne tarda pas à se révéler une fort bonne dirigeante, faisant en peu de temps régner à la fois l'ordre et la concorde dans l'univers bouillonnant mais quelque peu brouillon créé par Marthe. Contre toute attente elles se complétaient bien, la rigueur de l'une servant l'audace de l'autre. Et finalement, les deux rivales se prirent d'une affection réciproque.

*

Sous la grisaille de la rentrée, Marthe avait l'impression d'être embarquée dans une course contre la montre.

Dans quatre mois, tout irait bien, se répétait-elle comme un mantra. Sa pyramide légale avançait. Elle avait créé la Société générale financière et foncière, une banque qui détiendrait à la fois les syndicats transformés en cinq sociétés et l'ensemble des immeubles et terrains qu'elle avait acquis. Ceux-ci garantiraient les opérations financières de la SGFF. L'objectif était d'émettre des bons de participation pour cent soixante millions de francs et de les introduire au hors-cote puis à terme de les faire coter en Bourse. Les bons donneraient droit à un intérêt garanti de 8 % et à une participation aux bénéfices. Une offre alléchante.

Côté emprunt italien, les pourparlers progressaient également. Lazare avait été dépêché sur place et était à demeure en Italie. D'ailleurs, il lui manquait sacrément, son irremplaçable Lazare. Bien sûr, Audibert était à ses côtés mais, avec lui, Marthe édulcorait beaucoup la situation. Lazare était le seul qui savait tout et prenait sa part de soucis et d'angoisse.

Car, désormais, elle ne pouvait plus faire mine de l'ignorer : la meute était à ses trousses. Fin septembre, le journal à scandale *Commentaires* évoquait une compromission avec des financiers étrangers et des protections politiques de la gauche radicale achetées à grand renfort d'options. Puis vint le tour de *L'Action française*, journal royaliste, de crier avec les loups. Cette fois, Courville conseilla à Marthe d'acheter leur silence, ce qu'elle fit avec répugnance.

Dans la bourrasque, Marthe tenait la barre. Elle ne se départait pas de son masque de confiance et de sérénité.

Ce n'était que seule qu'elle s'autorisait à pleurer amèrement à la lecture d'un article particulièrement fielleux. Elle se reprenait vite, échafaudant des contre-attaques et se rassurant en pensant à ses projets en cours, à ses actifs immobiliers, à l'emprunt italien. Tout irait bien.

Le 13 octobre, elle organisa une grand-messe rassemblant tous ses employés, démarcheurs, directeurs de succursales, et représentants divers. Elle rassura : « Nous tiendrons, ils ne nous abattront pas. » Elle eut un mot pour chacun, un encouragement, un remerciement pour le travail accompli. Ils repartirent dans leurs provinces confiants dans l'avenir. Marthe elle-même puisa dans cette soirée de nouvelles forces pour combattre.

Le 4 novembre, le congrès radical-socialiste mit fin à l'Union nationale. Marthe le savait : sans la gauche dans son gouvernement, Poincaré avait les mains libres. Plus rien ne l'empêchait de tenter de la faire tomber. « Apprêtons-nous à payer pour nos péchés », prophétisa sombrement maître Dominique.

Marthe avait appris de source sûre qu'en toute discrétion, Poincaré et Finaly s'étaient rencontrés. Il se disait que Poincaré avait besoin d'une avance de trésorerie de quatre cents millions. Elle savait que Finaly voulait l'emprunt italien. Les rapports de police se multipliant, elle n'eut pas de peine à se figurer la scène. Ces deux-là ne s'aimaient pas, mais entre gens de bonne compagnie, à fleuret moucheté, on s'était certainement mis d'accord. Il fallait assainir le marché financier, n'est-ce pas ? Or, si on continuait à se faire dépouiller par les agissements des officines louches qui drainaient l'épargne populaire, il deviendrait compliqué de réunir une telle somme pour renflouer les caisses de l'État… Elle les imaginait, sous les ors de la République, dans le confort de la bourgeoisie installée, crachant au détour d'une phrase le nom de Marthe Hanau. Nous étions mi-novembre.

Marthe se rassurait obstinément : certes, les rumeurs et accusations se multipliaient mais le dossier de la justice restait vide. Aucune plainte. Et elle remboursait les mécontents s'il s'en présentait. Elle savait que le succès de ses entreprises, comme celui de toute banque, reposait entièrement sur la confiance des épargnants. Elle voulait reprendre la main, démontrer que ses affaires étaient solides, saines, exemptes de fraude. Alors, elle se résolut à prendre une décision qui lui répugnait : demander à la police de mener une enquête officieuse pour blanchir le groupe Hanau. C'était osé compte tenu de l'état de sa comptabilité, quasi inexistante, mais elle voulait tenter ce quitte ou double. Elle embaucha quarante comptables qui travaillèrent jour et nuit rue de Provence dans une atmosphère de ruche.

Fin novembre, *La Rumeur* publia une série d'articles diffamatoires : la mère Hanau bénéficiait de protections radicales et franc-maçonnes ! La contemptrice du système n'était en fait qu'un hypocrite parasite !

Marthe commença par mettre ses proches à l'abri du besoin. Elle fit ouvrir à Raymonde un compte bancaire à son nom de jeune fille et lui remit quatre cent mille francs. « S'il m'arrive quelque chose, je ne veux pas vous savoir en difficulté », dit-elle à son ancienne rivale.

Le 30 novembre, *L'Ami du peuple* titra sur la complicité du journal socialiste *Le Quotidien,* l'organe officieux du Cartel des gauches, dans « l'escroquerie » montée par le groupe Hanau. La direction du *Quotidien* prit peur. D'autant que son propriétaire, Jean Hennessy, était aussi ministre de l'Agriculture… Ministre radical dans un gouvernement de droite, sa position était fragile. *Le Quotidien* lâcha Marthe. Terminée, la juteuse collaboration avec *La Gazette* qui permettait au *Quotidien* d'engranger 10 % du montant des affaires réalisées par son intermédiaire. Oubliées aussi, les amitiés lucratives avec les radicaux-socialistes. Ce n'étaient plus que dérobades, regards fuyants, excuses gênées, portes closes et lignes occupées.

Le 1er décembre, le premier numéro de *La Gazette* en grand format sortit des presses. C'était également la date à laquelle sa nouvelle banque, la Société générale financière et foncière, devait émettre ses bons de souscription. Cela aurait dû être une consécration mais, la mort dans l'âme, Marthe avait dû retarder l'émission jusqu'à la fin de l'enquête officieuse. Rue de Provence, dans les locaux déserts du samedi après-midi, les larmes aux yeux, elle effleura du bout des doigts les bons imprimés sur papier glacé. Seule, dos au mur, elle télégraphia à Lazare de rentrer au plus vite de Rome. Elle allait livrer combat avec son allié de toujours à ses côtés.

Renée

« Une belle fête au château de La Guette ».

Renée se força à arrêter sa lecture au titre du journal et le reposa sur son bureau. Elle prendrait le temps de se délecter de l'article entier plus tard. Pour l'heure, il fallait tout organiser, il n'y avait pas une minute à perdre.

Elle se rendit au pas de charge dans l'immense salle à manger où s'affairaient une dizaine d'employés.

« À cette heure-ci, le buffet devrait déjà être entièrement dressé… gémit-elle. Où sont les compositions florales que j'ai commandées ?

– M'dame Renée, l'interpella une vieille servante. La Jeannette ne se sentait pas très bien, elle a dû aller s'allonger…

– Enfin Jeannette, combien de fois faudra-t-il vous répéter de ne pas m'appeler "M'dame Renée" ! »

Qu'il était difficile de trouver du personnel valable ! Renée avait été obligée de recruter à la campagne et devait composer avec des domestiques de province qui n'avaient servi que dans de modestes maisons, ce qui n'était pas de tout repos. Si on n'avait pas un œil partout, tout pouvait partir à vau-l'eau. Depuis le lever du jour, elle virevoltait d'une pièce à l'autre, s'assurant que rien n'était laissé au hasard. Une véritable course contre la montre. Mais au fond, elle aimait ces moments de frénésie presque fiévreuse qui précédaient les grandes réceptions. Elle se plaisait à s'imaginer en général de guerre motivant ses troupes, changeant de tactique, ajustant ses plans.

« Bien, écoutez-moi tous ! reprit-elle d'une voix forte. Comme vous le savez, dans quelques heures à peine, le château accueillera du monde, du très beau monde. Aujourd'hui, nous marchons ensemble, comme un seul homme, vers un même but : que cette fête reste gravée dans toutes les mémoires. Ce soir, une fois le dernier invité parti, je veux que chacun d'entre vous puisse se dire : "J'y étais, j'ai apporté ma précieuse pierre à l'édifice de cette merveilleuse journée." »

Renée marqua un silence pour laisser les esprits s'imprégner de ses mots et tourna les talons, satisfaite de la solennité de sa tirade. Elle avait toujours en tête la célèbre sentence de Napoléon : « Je gagne mes batailles avec le rêve de mes soldats. » Ses employés, qu'elle impliquait presque personnellement dans tous ses projets, la trouvaient autoritaire (il fallait bien l'être quand on dirigeait un château) mais juste (nul n'avait jamais conquis les cœurs en exerçant un pouvoir inique et arbitraire).

Tandis qu'elle se rendait inspecter la cuisine, le maître d'hôtel arriva en trombe : « Les fleurs sont là Madame, le fournisseur attend votre signature… » Renée se dirigea à grands pas vers le perron du château. « Mais… Ce ne sont pas les compositions que j'avais demandées ! s'exclama-t-elle en examinant les couronnes de lilas, roses, œillets et violettes qui débordaient de la charrette.

– Sauf votre respect, M'dame la châtelaine, je fournis la comtesse d'à côté, et c'est toujours ainsi qu'elle les demande !

– La comtesse de Touquettes ? Bon, bon. De toute façon, il n'est plus l'heure de parlementer. »

Elle allait tourner les talons quand elle aperçut deux petites silhouettes remonter en courant la grande allée qui menait au château.

« Guy, Roger, vous voilà enfin ! Comment se fait-il que vous ne portiez pas encore votre costume ?

– Miss est en train de les repasser, mère, répondit Roger.

– Tu zais Maman, ze n'ai pas le trac du tout ! Dis, est-ze qu'il est bien vrai qu'Henri Varna zera là ? »

Renée leva les yeux au ciel. Les précepteurs de Guy n'arriveraient-ils donc jamais à lui faire passer ce stupide zozotement ?

« En chair et en os, mon petit, et plus vite que tu ne le crois ! Courez donc vous habiller ! » Elle donna une petite tape affectueuse dans le dos de son cadet – elle ne pouvait pas résister à ce minois qui levait vers elle de grands yeux pleins d'innocence et d'espoir.

Renée était maintenant l'heureuse mère de deux fils. Son précédent amant serinait qu'il voulait un enfant, mais les mois passaient et rien n'arrivait. Qu'à cela ne tienne ! Ce que la nature lui refusait, elle s'était chargée de l'obtenir par elle-même. Elle s'était mise en relation avec une sage-femme et s'était démenée pour trouver un nouveau-né à acheter à une fille-mère qui cherchait à s'en débarrasser. Un échange de bons procédés, en somme. C'était ainsi que Guy, bébé rose et joufflu, était entré dans sa vie. Cela n'avait pas suffi à retenir l'amant (les hommes étaient inconséquents), mais Renée avait gardé ce petit garçon diablement attachant qui faisait un frère parfait pour Roger.

Elle avait une grande affection pour ces deux êtres dont elle tenait le sort entier entre ses mains. Elle s'efforçait de leur donner une éducation rigoureuse mais vivifiante. Pas question de les assommer de savoirs barbants. Il fallait affûter leur corps et leur esprit, développer leur créativité, leur apprendre à séduire, à combattre, à briller, bref, les armer pour l'avenir. Les deux enfants étudiaient ainsi la diction et le chant, faisaient du théâtre, pratiquaient l'escrime et la boxe et montaient chaque jour à cheval. Renée regarda l'heure. Bientôt, les deux petits auraient l'occasion de montrer l'étendue de leurs talents. Mais que faisait donc Calmann ? Il passait de plus en plus de temps enfermé dans son bureau – quand il n'était pas carrément alité…

« Roger, Guy, mes chéris, cria-t-elle alors que ses fils montaient le grand escalier, quand vous serez prêts, allez trouver parrain et montrez-lui un de vos numéros ! »

Elle avait rencontré Calmann à Paris alors qu'elle cherchait à acquérir un théâtre parisien, pour se relancer après le fâcheux épisode de la laiterie des Anges. La vente n'avait pas abouti mais le sort lui avait réservé mieux : cette rencontre qui, elle le sut tout de suite, allait changer sa vie.

Renée n'avait pas eu à se donner beaucoup de peine pour faire tourner la tête à ce richissime industriel, également bailleur de fonds de plusieurs music-halls de la région parisienne. La soixantaine très largement entamée, encroûté dans un mariage moribond, ses ardeurs s'étaient réveillées auprès de Renée, une femme jeune et bien née, volubile et pleine de projets, tout à la fois cajoleuse, maternante et directive. Calmann avait une stature, de l'argent, et surtout un carnet d'adresses à faire pâlir celui de la reine d'Angleterre. Il n'avait jamais été question de mariage – il s'était montré inflexible sur ce point, un homme de son rang ne divorçait pas –, mais d'un compagnonnage affectif et financier.

Elle l'avait convaincu de l'aider à acheter le domaine de La Guette, et ses libéralités lui avaient permis d'aménager somptueusement ce château du XIIe siècle qui semblait tout droit sorti de ses rêves de jeunesse. L'immense bâtisse et son pittoresque donjon s'élevaient au fond d'un parc tout de bosquets et de massifs de fleurs enchanteresses. De la fenêtre de sa chambre, Renée annexait du regard les prairies et les forêts qu'elle surplombait. Parfois, de majestueux cerfs traversaient le parc, silhouettes fugaces qui disparaissaient si vite qu'on aurait pu croire les avoir rêvées. Mais non, les cerfs, comme tout le reste, étaient bien réels. Depuis deux ans, Renée était châtelaine de La Guette.

Son domaine étendait ses pâturages et ses vastes étables sur cinq cents hectares et était peuplé de trois cents moutons, de deux cents vaches, d'une dizaine de juments pommelées et d'une armée de poules pondeuses. Renée avait mis un point d'honneur à ce que tout, des balais jusqu'aux machines à traire les vaches, fonctionne électriquement. La ferme de La Guette était son éclatante revanche sur la Laiterie des anges. Et cette fois, peu importait que le lait lui revienne trois ou quatre fois plus cher qu'elle ne pouvait le vendre, son ami avait amplement de quoi combler les pertes. En femme d'affaires avisée, elle avait ouvert une boutique boulevard Malesherbes, reproduction miniature du domaine, qu'elle avait inaugurée en grande pompe, allant jusqu'à convier le ministre de l'Agriculture pour lui permettre d'admirer le résultat de la modernité mise au service du terroir français. Comment refuser une telle invitation ? D'autant que Renée avait fait savoir que tous les bénéfices de la soirée seraient reversés à diverses œuvres – Croix-Rouge, maisons de retraite, orphelinats… Renée n'était pas une simple châtelaine, c'était aussi une grande bienfaitrice.

Pour s'assurer le succès, elle avait inondé la presse parisienne de petites annonces alléchantes qu'elle avait tenu à rédiger elle-même : « Artistes et spectateurs, en sortant du théâtre, allez souper au Domaine de La Guette, 13, bd Malesherbes dont les préparations saines vous surprendront agréablement », « Les gourmets se donnent rendez-vous, 13, bd Malesherbes, et savourent dans un cadre exquis déjeuners, dîners, soupers préparés avec les produits du Domaine de La Guette », ou encore – c'était sa préférée : « Un peu de campagne : voilà l'impression que vous aurez au Domaine de La Guette, 13, bd Malesherbes (près la Madeleine), qui prépare à votre intention les produits de ses fermes avec des formules simples et saines qui en font les mets les plus succulents. »

Ses annonces avaient fait mouche : il était du dernier chic de venir goûter les produits de la ferme de

La Guette, les classiques beurre, œufs et fromages, mais aussi des viandes de premier choix, des légumes tout juste récoltés, des pâtisseries fines… On pouvait y croiser des journalistes mondains, des hommes d'affaires et des vedettes des théâtres alentour, Maurice Chevalier, Oscar Dufresne, Laure Diana, Edmonde Guy, Jane Marnac et même, avec un peu de chance, Mistinguett.

Mistinguett… Elle n'avait pas annoncé sa présence aujourd'hui mais peut-être serait-elle là. Avec les artistes tout était possible…

La seule ombre au tableau était Calmann. À tous les coups, il allait une fois encore se faire porter pâle et ne pas se montrer de la journée. Ces derniers temps, il se repliait sur lui-même quand Renée lui parlait de ses projets, s'effarouchait à la moindre idée de dépenses. Il fallait sans cesse négocier, rassurer, se perdre en arguments… Quel dommage de ne pas l'avoir rencontré plus tôt, leur vigueur et leur ambition se seraient démultipliées, ils auraient bâti un empire ! Hélas il n'était pas de ces hommes qui, tels de grands crus, se bonifiaient avec le temps.

Après avoir fait une dernière inspection générale, Renée monta s'habiller. Elle tenait à le faire seule. Depuis qu'elle était enceinte, elle ne supportait ni qu'on la touche, ni qu'on la voie, insistait-elle auprès de sa femme de chambre pleine de sollicitude. Pour la deuxième fois de son existence, Renée feignait une grossesse. Il fallait songer à l'avenir. Or elle avait compris ce qui, seul, pourrait redonner un coup de jeune à son ami, le rassurer sur sa virilité et rouvrir les vannes de sa générosité : un enfant. Après tout, c'était bien ainsi, grâce à Renée, que sa mère s'était attaché son père. Simuler la grossesse ne s'était pas révélé si pénible qu'elle l'avait craint. D'autant qu'avec toutes ces fêtes, elle avait pris de l'embonpoint. Et puis les hommes ne voyaient que ce qu'ils voulaient voir !

Bientôt, la famille accueillerait la petite Simone, et Calmann serait aux anges.

Elle laissa cette pensée infuser quelques instants son esprit, puis attrapa *Comœdia*, se laissa tomber dans un fauteuil et commença sa lecture, prenant garde à ne pas laisser ses yeux courir trop vite d'un mot à l'autre : « Un gala artistique et hippique avec le concours des vedettes de nos principaux théâtres sera donné, le mercredi 16 juillet, de 15 heures à minuit au château de La Guette, près de Lagny (Seine-et-Marne), au bénéfice de la maison de retraite des Artistes de Pont-aux-Dames et de la Croix-Rouge de Saint-Quentin. Un goûter et un dîner dansants, de multiples attractions et une tombola munie de lots splendides composeront les divertissements. Les cartes d'entrée donnant droit au dîner de gala et aux attractions sont au prix de 100 F. Les officiers en uniforme bénéficieront de cartes à 50 % de réduction… »

La cloche annonça l'arrivée des premiers invités au moment où Renée lisait avec un sourire béat la dernière phrase de l'article : « Cette fête de bienfaisance s'annonce enchanteresse. »

*

Le lendemain, Renée se leva avant l'aube dans un silence parfait. Elle avait donné leur matinée aux domestiques, qui avaient veillé tard pour tout nettoyer et ranger. Nul n'aurait pu deviner que le château avait rassemblé une centaine de convives, de gros bonnets de l'industrie parisienne et les vedettes les plus courues du music-hall. Et pourtant… Elle n'avait pas fait mentir le rédacteur de *Comœdia* : la fête avait été un véritable enchantement. Sa tasse de thé noir fumant à la main, Renée ferma les yeux et se fit le film de la journée. Le champagne doré pétillait… Les petits fours fondaient dans les bouches… Même les fleurs semblaient finalement avoir été dessinées pour ce décor. Elle se vit, altière dans sa robe en crêpe blanc nacré, se promener de groupe en groupe, reine saluant la foule venue lui faire la cour, mesurant intérieurement la réussite de la journée au nombre de bijoux précieux dont les femmes étaient parées et aux décorations qui ornaient les costumes des hommes. Elle se repassa le charmant spectacle de danse et de chant que ses fils avaient exécuté dans leur petit costume de pages sous les exclamations ravies de l'assistance. Son cœur s'accéléra quand elle revécut l'apothéose de cette journée : le moment béni où Henri Varna était venu lui glisser à l'oreille qu'il allait leur faire passer un essai au Casino de Paris. Le grand monteur de revues, le découvreur de talents, l'homme qui avait dirigé le Palace et le Bataclan, voulait mettre ses petits à l'affiche du Casino de Paris ! Renée leur avait trouvé le nom de scène parfait : les Guett's Brothers. Décidément, ce château lui portait bonheur.

*

« Claude », perçut-elle vaguement alors que son regard se perdait au loin, là où les maisons aux toits rouges et les cubes blancs de la casbah semblaient prendre d'assaut les collines verdoyantes. « Claude ? » L'étendue du port, le va-et-vient des navires, l'encombrement des quais, la masse des humains chargeant et déchargeant les bateaux... Quelle vision surprenante...

« Claude ! » Cette fois, une main sur son épaule la fit sursauter et elle pivota pour se retrouver nez à nez avec l'un des passagers, un ingénieur qu'elle avait rencontré pendant la traversée.

« Cher ami ! Pardonnez-moi, j'étais toute à la contemplation de cette étonnante ville...

– Ne disiez-vous pas y être venue récemment ?

– Si bien sûr mais enfin, à notre époque, tout change à une vitesse ! » répondit-elle sans pouvoir cacher une pointe d'agacement.

Renée ne s'était pas encore faite à sa nouvelle identité. Heureusement, jusqu'ici personne n'avait songé à mettre en doute l'histoire qu'elle prenait grand plaisir raconter : elle se nommait Claude d'Azil et n'était autre qu'une romancière parisienne envoyée par un grand quotidien en pérégrination en Algérie, le pays où elle avait grandi. C'est en lisant distraitement un article consacré à cette Claude d'Azil (cela s'écrivait en réalité Dazil, mais il fallait bien s'autoriser un peu de fantaisie), une « auteur dramatique au charme méridional » qui avait passé une partie de sa jeunesse en Algérie, que tout s'était instantanément mis en place dans sa tête. Une écrivaine retourne sur les traces de son passé pour y puiser la matière de sa nouvelle comédie dramatique. Voilà une histoire qui lui plaisait.

Tout avait basculé en si peu de temps. Comme prévu, Calmann avait été fou de joie quand Renée lui avait présenté la petite Simone. Convaincu d'avoir contribué à concevoir ce petit être plein de vie, il avait repris des forces et oublié ses soucis. Il se montra plus leste sur le porte-monnaie, et participa même à quelques dîners et réceptions organisés par Renée. Mais, comme si ce soudain afflux de vie était plus qu'il ne pouvait en supporter, sa santé s'était mise brusquement à se dégrader et une sombre période avait débuté. La sinistre ronde des médecins. Les questions des enfants déboussolés. Les chuchotements des domestiques contrits. Et, pire que tout, le château déserté.

Puis ce qui devait arriver arriva : Calmann mourut. Renée en aurait été presque soulagée si un terrible coup de massue ne s'était abattu sur elle : il ne lui avait rien laissé. Non seulement il n'avait pas reconnu Simone mais il léguait toute sa fortune à sa femme et à ses enfants. Ses promesses n'étaient que du vent ! Ah, comme elle le maudissait, lui et la race des hommes tout entière !

Le domaine de La Guette, déjà très hypothéqué, fut mis en vente, et Simone, rendue à sa mère. Renée se revoyait tremblante de rage impuissante devant la valse des huissiers tournant tels des rapaces autour des meubles du château. Les domestiques, prenant fait et cause pour leur maîtresse, y étaient allés eux aussi de leurs protestations, gênant la tâche des hommes de loi, jurant d'indignation à chaque fois que l'un d'eux les bousculait pour se frayer un passage. En regardant les juments s'éloigner docilement du domaine qui les avait vus grandir, Renée avait senti avec étonnement de chaudes larmes dévaler son visage. Cet endroit était son œuvre, elle en avait fait un joyau, et voilà que tout lui était soudainement enlevé !

Après la saisie des meubles, le château de La Guette avait été vendu au baron de Rothschild pour moins de deux millions de francs (Renée en aurait pleuré, de rage cette fois), et toute une série de tuiles s'étaient abattues sur elle. À croire que le destin avait tout à coup viré de bord. De châtelaine de La Guette, elle était redevenue Renée Saffroy et ce déclassement semblait avoir autorisé toute une foule de gens à revenir sur leurs largesses et à s'autoproclamer ses créanciers.

Les commerçants qui jusque-là lui faisaient les yeux doux s'étaient mis à lui réclamer de l'argent, l'un pour une tapisserie commandée des années auparavant, l'autre pour quelques repas qu'il n'avait jamais manifesté l'intention de lui faire payer. Tout cela était aussi grotesque que désagréable. Mais ce qui l'avait réellement décidée à mettre les voiles était cette ridicule accusation que le tribunal lui avait signifiée : on lui reprochait un rapt d'enfant ! Elle en était restée sciée. La mère de son petit Guy avait dû finir par changer d'avis et espérait sans doute faire coup double : récupérer l'enfant et empocher une coquette somme d'argent.

Renée avait échafaudé son plan en à peine une nuit. Où mieux qu'en Algérie se refaire tout en se faisant oublier quelque temps ? Une mer la séparerait des problèmes. Et puis ces terres étaient sans nul doute propices aux affaires – la vision du port d'Alger l'avait confortée dans cette idée. Elle songeait aussi à faire embaucher Guy et Roger, dont la courte carrière avait été interrompue par ces mésaventures, dans un cabaret. Si un imbécile doutait de leur talent, il n'y aurait qu'à brandir la coupure de *Paris-Soir* qui ne quittait jamais son sac : « Henri Varna a découvert deux amours d'enfants : Guy et Roger, les Guett's Brothers. Sous ce pseudonyme d'allure très anglaise, les deux prodiges – utilisant le "possessif" à la façon d'une particule – cachent un nom de France. De leurs ancêtres, ils ont hérité l'amour des armes et des chevaux. La dague, dans leurs petites mains, est légère, et la voltige n'a pas de secrets pour eux. Guy a cinq ans ; Roger n'a pas encore atteint sa dixième année. Mais depuis toujours ils s'entraînent. »

Les deux petits s'étaient montrés ravis de cette aventure inattendue – quoiqu'avec leur mère, ils savaient qu'il fallait s'attendre à tout. Ce serait exactement comme au théâtre, leur avait dit Renée, sauf que maman jouerait le rôle de Claude pendant quelque temps. Alger la Blanche serait le décor de cette nouvelle page de leur existence.

*

Dès que Renée mit un pied au sol, l'impression de grandeur que donnait la ville depuis la mer s'évanouit.

Une pluie diluvienne leur tomba dessus tandis qu'ils arpentaient Alger, qui semblait s'être développée sans aucune espèce de plan. Le quartier des affaires s'étirait en longueur parallèlement au port, tandis qu'à la limite de cette zone commençait une cité neuve aux ruelles qui montaient, descendaient, se croisaient, s'enchevêtraient. Quelle topographie infernale ! Et pas de funiculaire ! Il fallait sans doute être alpiniste pour monter tout là-haut, sur les crêtes de la ville ! Un véritable cauchemar.

À bout de nerfs, Renée finit par dégoter un petit hôtel qui ferait l'affaire pour quelques nuits et, ses fils endormis, sortit en quête d'animation. Mais l'ambiance était bien loin de celles d'autres grandes villes méridionales comme Barcelone ou Madrid. Comment allait-elle rencontrer du monde dans ces conditions ? De retour dans la chambre d'hôtel où elle examinait la carte du pays, elle repensa à l'invitation de cet ingénieur assommant qui lui avait proposé de lui rendre visite à Bône. Tout compte fait, cette excursion n'était pas une mauvaise idée.

Le lendemain, le chauffeur de taxi, d'abord étonné d'emmener cette petite famille sans chef dans une si lointaine excursion, fut soulagé d'apprendre la raison de son séjour en Algérie. Une artiste, tout s'expliquait…

Renée négocia un prix (« C'est terrible, toutes les ignobles agressions dont votre belle corporation est victime… Avec nous, vous serez tranquilles, et la tranquillité d'esprit n'a pas de prix, n'est-ce pas ? ») et pendant tout le trajet ils conversèrent gaiement.

Arrivée à Bône, Renée fut éblouie. Quelle superbe ville ! Quel spectacle chatoyant ! En montant à la casbah par une route ravissante qui serpentait à travers une forêt de pins, d'oliviers et de caroubiers, ils atteignirent une vieille forteresse d'où l'on découvrait un panorama splendide sur la colline d'Hippone, couronnée par la basilique Saint-Augustin qui se détachait sur le bleu de la mer. Renée n'avait pas les moyens de régler cette course (cinq cents kilomètres !) mais elle avait de l'idée. Elle se fit déposer devant l'un des hôtels les plus chics de la ville et y donna rendez-vous au chauffeur le lendemain matin, d'où il se chargerait de les emmener chez des amis. Ils déjeuneraient tous ensemble et elle le paierait généreusement pour son impeccable prestation. Flatté et tout en confiance, il avait accepté sans sourciller. Nécessité faisait loi, pensait Renée. Et puis après tout, ce voyage avait été pour tous deux fort agréable.

Elle contacta l'ingénieur depuis le téléphone de l'hôtel, annonçant joyeusement que le journal l'avait envoyée à Bône, d'où elle devrait tirer une série de reportages à la manière des « choses vues » des grands reporters. Si l'invitation tenait toujours, elle serait ravie de passer quelques jours chez eux ! Et c'était ainsi que l'ingénieur avait fait conduire Renée et ses fils jusqu'à la banlieue chic de Bône, dans une coquette villa à flanc de coteaux. Elle y passa quelques jours délicieux, visitant les environs la journée et profitant des chaudes soirées sur la terrasse abritée qui servait de pièce à vivre à cette famille récemment expatriée.

Au dîner, elle citait les titres de ses pièces que l'on avait jouées au Théâtre des arts, parlait des contes et romans qu'elle avait publiés – l'un d'eux, *Souffle du désert*, avait justement pour décor l'Algérie ! –, évoquait sa collaboration avec la revue *Comœdia*… Renée ne pouvait pas s'empêcher de mêler à cette vie empruntée des informations tirées de sa propre histoire, remaniées dans le sens qui lui plaisait. Claude d'Azil était ainsi parée du titre de châtelaine de La Guette, où elle continuait de donner de somptueuses fêtes. Elle ne manqua d'ailleurs pas de convier son hôte à la réception qu'elle organiserait dès son retour d'Algérie. Une fois lancée, Renée avait du mal à s'arrêter et laissait parfois échapper quelques détails contradictoires qui auraient fait tiquer un auditoire un peu perspicace – son grave accident d'auto lui avait laissé des séquelles tantôt au poignet gauche, tantôt au droit… Mais son assurance à toute épreuve lui garantissait la tranquillité. Elle-même s'étonnait parfois de s'apercevoir que les mots qui coulaient tout seuls de sa bouche lui paraissaient tout à fait vrais. Au fond, elle ne faisait que réparer le scandale que constituait le fait de n'avoir qu'une seule vie.

Un matin néanmoins, un grain de sable vint troubler la tranquille routine où elle avait glissé. La cuisinière qui, habituellement, l'accueillait tout sourire pour le petit déjeuner, lui servit le café tête basse. « Eh bien, tout le monde fait la grasse matinée aujourd'hui ? » demanda gaiement Renée. Elle reçut pour toute réponse un marmonnement incompréhensible, sur quoi l'employée tourna les talons, l'abandonnant à sa tasse de café. Ce ne fut qu'un peu plus tard dans la matinée, alors que nul ne s'était encore montré, qu'elle comprit. En page 3, *L'Écho d'Alger* relatait la mésaventure d'un chauffeur de taxi qui avait été roulé par Claude Dazil. Une plainte avait été déposée, l'escroc en jupon était activement recherché. La photo qui accompagnait l'article n'était, évidemment, pas celle de Renée. Mais il fallait agir vite. L'ingénieur était peut-être déjà en train de prévenir la police. Renée rassembla à toute vitesse ses affaires, somma ses fils de s'apprêter et courut chez les voisins. Elle venait d'apprendre qu'une affaire de la plus grande importance nécessitait qu'elle retourne sur-le-champ à Alger, il n'y avait pas de temps à perdre, quelqu'un pouvait sans doute l'emmener au port où elle embarquerait sur le premier bateau qui faisait la traversée, formidable, on pouvait encore compter sur la grandeur d'âme de certains, elle saurait s'en rappeler, s'ils étaient de passage à Paris, il faudrait absolument qu'ils passent lui rendre visite au château de La Guette, merci, encore merci…

Renée allait prendre la mer quand une voiture de police déboula sur le quai. Calmement, tenant chacun de ses fils d'une main, elle se dirigea la tête haute vers les hommes en uniforme qui marchaient à grands pas vers elle.

*

« Ils se marièrent et eurent beaucoup d'enfants. » Renée se fit rire toute seule en prononçant intérieurement cette stupide ritournelle. Pour ce qui était des enfants, il n'y avait pas de risque, pensa-t-elle en regardant son futur mari qui somnolait, un filet de bave aux lèvres. Depuis son retour en France, elle n'avait pas chômé.

Après la semaine passée en prison à Alger, il avait fallu tout recommencer à zéro, avec une difficulté de taille : son nom était dans tous les journaux. Depuis la plainte de la mère de Guy, d'autres plaintes s'étaient accumulées. Des commerçants, des tenanciers d'hôtels, et un revenant : le fils caché puis reconnu de son père, ce demi-frère qui était entré dans sa vie sur le tard et qu'elle connaissait à peine, qui l'accusait d'avoir dilapidé l'héritage de leur grand-mère. Quel toupet !

Les journaux se délectaient des « frasques » de cette « aventurière », dont ils tentaient de reconstituer la vie, s'emmêlant grossièrement les pinceaux dans les dates et les noms, travestissant allègrement la réalité.

Elle levait les yeux au ciel à la lecture de ce tissu de calomnies et d'imbécillités, mais au fond elle n'était pas mécontente de faire couler tant d'encre.

Un matin, elle faillit s'étouffer en découvrant les gros titres des journaux : sa demi-sœur, Germaine « d'Anglemont » (elle s'appelait en réalité Germaine Huot et avait été chercher sa particule dans un roman de gare), venait d'être arrêtée pour le meurtre de son amant, Jean Causeret, le préfet des Bouches-du-Rhône. Les journaux firent leur beurre de l'affaire et le nom de Renée fut associé à celui de cette étrangère avec laquelle elle partageait des liens de sang.

Sa vie s'en trouva encore compliquée. La plupart de ses « amis » lui avaient tourné le dos. Pour venir au château se goinfrer de petits fours et boire du champagne à volonté, on pouvait compter sur eux mais quand il s'agissait de rendre service, il n'y avait plus personne…

Elle logeait avec Guy et Roger dans un petit meublé parisien en tentant de se faire discrète, mais sa réserve d'argent fondait à vue d'œil. Elle n'avait désormais plus qu'un objectif : trouver à se marier. Et cette fois, elle ne laisserait pas passer sa chance, elle ferait la conquête d'un titre.

Elle confia la mission à l'une de ses vieilles connaissances, le comte de Posen. Louis Grosclaude, de son vrai nom, avait la distinction un peu désuète des nobles fins de race : bouche mince et moue dédaigneuse, nez étroit, œil froid. Son teint pâle et son commencement de calvitie achevaient de lui donner un air aristocratique. Ce faux comte vivait surtout d'expédients, aussi accepta-t-il avec enthousiasme de chercher pour Renée le mari idéal – moyennant une honnête commission, bien entendu, rien n'était gratuit dans ce bas monde. Il finit par trouver le candidat idéal et fit les présentations à l'hospice d'Ivry où elle rencontra son promis : le marquis Rola de Rozycki, soixante-dix ans bien tassés, polonais, sans le sou et à moitié fou. Mais seul le résultat comptait : elle était (enfin !) sur le point d'acquérir un titre.

Renée n'avait pas beaucoup eu à le forcer, le vieux Polonais ruiné. Ses yeux éteints s'étaient mis à briller à l'évocation des quatre cent mille francs de dot qu'elle lui avait fait miroiter… En un tournemain, il avait déballé ses armoiries, montré fièrement d'authentiques parchemins et accepté toutes ses conditions. La cupidité finissait toujours par vous jouer des tours...

Elle signa une traite de quarante mille francs au bénéfice de Grosclaude – elle prévoyait de la transformer en une reconnaissance de dettes qu'elle ferait signer au marquis dès que le mariage serait célébré.

Comme prévu, cette future alliance lui simplifiait déjà grandement la vie.

Les semaines qui suivirent, Renée se mit en quête d'un château en vente loin de Paris et ce fut à Neuvic, en Dordogne, qu'elle se fit déposer un matin avec ses fils dans une magnifique automobile (toujours soigner ses arrivées). Aux gardiens du château qui ouvraient déjà des yeux impressionnés, elle se présenta comme la nouvelle propriétaire, argua de son futur titre, annonça au régisseur qu'elle venait d'acquérir le domaine et que le notaire viendrait prochainement régulariser la situation. Et elle s'installa. Elle se sentit tout de suite maîtresse chez elle dans ce superbe château, ancienne résidence d'Henri IV et de Diane de Poitiers, qui lui rappelait celui de La Guette. Tel un général qui prend possession de son armée en pleine bataille, elle distribua, à la fois autoritaire et bienveillante, ses ordres précipités. Il n'y avait pas de temps à perdre, il fallait trouver des domestiques à embaucher et se lancer dans les préparatifs de la noce qui approchait.

Bientôt, tout Neuvic s'apprêta à assister à la grande fête qui serait donnée au château après le mariage à la mairie de Ribérac. On se bouscula pour être celui qui habillerait et coifferait la mariée, fournirait le buffet, décorerait la salle à manger…

Pour se montrer à la hauteur de son futur titre, Renée sortit le grand jeu. Des invitations furent lancées à toute la bonne société de la région, des camions de victuailles et de vaisselle furent apportés par les fournisseurs, trop heureux d'être agréables à une aussi grande dame. Quelques jours avant le mariage, elle envoya une somptueuse auto chercher son grabataire de marquis à l'hospice pour le transporter au château de Neuvic. Il fut couché, bordé, dorloté à coups de tisanes et de friandises à volonté… Le jour de la cérémonie, on le fit propre, on l'habilla, et ce fut devant une brillante assistance que, le 16 septembre 1933, Renée et le marquis se dirent oui.

Pendant les semaines qui suivirent, la marquise retrouva avec un plaisir tout naturel ses habitudes de châtelaine. Elle fit procéder à des travaux d'envergure. Des entrepreneurs furent mandés et s'attelèrent à transformer selon les souhaits de Mme la marquise la cinquantaine de pièces du château. Des meubles de prix furent livrés par les commerçants de la région, le tout à crédit. La marquise prit à son service un tailleur qui lui confectionna des costumes de sport et habilla de bleu roi la douzaine d'employés du château. Il avait été spécifié que les factures seraient réglées deux fois par an. La confiance régnait.

Mais son mari gâchait quelque peu la fête. Le pauvre diable naviguait entre profonde apathie et violentes crises de délire. Une nuit, toute la maisonnée fut réveillée par ses cris : « Que l'on me sorte d'ici ! Je mourrai de froid dans ce tombeau ! Du feu, du feu, je veux du feu ! Qu'on brûle tous les arbres du parc, qu'on brûle le château ! Allumez ! Allumez ! »

Renée n'avait certes pas l'intention de partir en lune de miel, mais elle n'avait pas prévu que le marquis serait un tel boulet. Or il devint vite clair que leurs jours au château de Neuvic étaient comptés. Après le boucher, ce fut le boulanger de Neuvic qui lui refusa son crédit, suivi par le marchand de vins et le laitier. Des bruits désagréables lui parvinrent aux oreilles – la marquise serait en fait une roturière ruinée, elle retiendrait son mari prisonnier d'un château dont elle n'aurait pas payé le premier centime… Seul le notaire de Neuvic, qui attendait son feu vert pour encaisser le chèque d'un million sept cent mille francs qu'elle lui avait confié (le règlement d'un gros héritage qui traînait, il savait ce que c'était…), lui gardait toute sa confiance.

Ce fut tout naturellement qu'elle se tourna vers lui pour quitter Neuvic à la vue de tous, et sans éveiller le moindre soupçon : elle avait enfin obtenu un rendez-vous avec l'homme qui gérait ses affaires, aurait-il l'amabilité de l'amener jusqu'à lui, à Bordeaux ? Elle serait accompagnée de son mari et de son plus jeune fils, il fallait bien parfois leur faire prendre l'air et voir un peu de pays… Un matin de février, la petite équipe partit donc de bonne heure dans la voiture du notaire. Une fois à Bordeaux, Renée demanda à l'homme de loi de les déposer devant un immeuble chic – l'entrevue serait courte, il n'y avait que quelques détails à régler, il n'aurait qu'à les attendre dans le bistrot là, juste à côté. Ils attendirent de voir la voiture disparaître et se dirigèrent, aussi vite que l'état du marquis le permettait, vers la gare. Alors qu'ils filaient vers Paris, Renée regarda sa montre. Midi. Si tout se passait comme elle l'avait prévu, Grosclaude et son petit Roger devaient être en train de quitter discrètement le château pour se rendre à pied à la gare de Saint-Astier, le bourg voisin de Neuvic. Avant de les retrouver à Paris, elle avait une dernière chose à faire : abandonner le marquis à son triste sort. Le titre sans le mari, voilà la liberté. Ensuite… Ensuite, elle aviserait. La France recelait tant de splendides châteaux… « L'audace est le plus beau calcul du génie. » Les paroles de Napoléon lui revinrent à l'esprit, comme pour lui indiquer la marche à suivre.

Chapitre III

L'arrestation et le procès

Maria

« Prenez place, madame Annette Honorine Vincent.

– Pas de manières entre nous commissaire, appelez-moi Maria !

– Bien sûr, j'oubliais que c'est ainsi que tous les escrocs de Montmartre vous nomment…

– C'est surtout comme ça que me connaissait mon public ! Maria Darcy… Est-ce que ça ne sonne pas joli ? Un nom de scène, vous savez, on s'y attache et puis c'est lui qui finit par ne plus vous lâcher…

– Le music-hall est bien loin de l'affaire qui nous occupe aujourd'hui, madame Vincent. Parlons plutôt d'une autre scène, celle sur laquelle vous excellez depuis un moment : le recel et l'abus de confiance. Il faut reconnaître qu'en la matière, vous disposez d'un beau palmarès… Six condamnations en à peine plus de dix ans, et vous êtes sur le point d'en décrocher une septième, si j'en crois le rapport que j'ai sous les yeux.

– Oh vous savez commissaire, moi, les rapports de police, je m'en méfie comme de la peste…

– Madame Vincent, qu'avez-vous à me dire à propos des trois malles retrouvées dans votre boutique hier après-midi ? Les inspecteurs n'ont pas été déçus en découvrant leur contenu ! Des robes, des dentelles, des fourrures… D'où viennent toutes ces marchandises ? D'après ce que je lis ici, une charrette les a déposées devant votre boutique, rue Fontaine, après les avoir récupérées à seulement quelques numéros de là, au domicile d'une dénommée Julia Dupré… »

Après sa nuit au dépôt, Maria avait le corps en miettes et des marteaux-piqueurs plein la tête mais elle serrait les dents pour ne pas se montrer diminuée. Question de fierté. La chaise sur laquelle on l'avait posée grinçait dès qu'elle bougeait une oreille, oscillant comme si elle était prête à se briser à tout moment. En face d'elle, dans son fauteuil rembourré, l'homme qui l'interrogeait se tenait raide comme un piquet, enveloppé par le nuage de fumée que formait sa cigarette à moitié consumée dans le cendrier. Quelle plaie d'avoir affaire à ce commissaire, avec son nœud papillon passé de mode et ses petits yeux qui la scrutaient méchamment derrière ses lunettes cerclées… Non pas que, d'ordinaire, elle porte la police dans son cœur, mais ces derniers temps Maria avait pris l'habitude d'être interrogée par le commissaire Guillaume, qui était quand même d'une autre trempe que ce Legrand. Sa grosse moustache, son regard franc, ses manières amicales… Elle passait presque de bons moments avec ce grand bonhomme sympathique. Il lui offrait une cigarette, et ils bavardaient de la pluie et du beau temps comme de vieilles connaissances. Pour ne rien gâcher, le commissaire Guillaume était un vrai amateur de music-hall, ce qui ne courait pas les rues ces temps-ci… Bien sûr, il était un peu jeune pour avoir connu Maria du temps de sa splendeur, mais il l'écoutait toujours avec intérêt quand elle lui racontait les soirs de fête à la Scala.

De son côté, elle n'ignorait rien du pedigree de son interlocuteur : elle avait lu dans les journaux qu'il avait participé à la traque de la bande à Bonnot, ces anarchistes braqueurs et meurtriers devenus des vedettes. Il avait aussi mis sous les verrous ce diable de Landru, qui avait profité de la guerre pour tuer et brûler de pauvres malheureuses en toute impunité. Maria entendait encore les épouvantables paroles que les chansonniers faisaient résonner dans les rues de Paris :

Si je crois me le rappeler
La première qu'il ait fait brûler
C'était une nommée Margot
Une femme de derrière les fagots
C'est Jeannette qui lui succéda
On a retrouvé qu'ses tibias
Comme dans la célèbre opérette
Y avait qu'les os de Jeannette !
La douzième qu'il fit rôtir
Elle habitait rue des Martyrs
Ils commencèrent à flirter
À Pâques, place de la Trinité
Il l'emmena dans sa villa

Justement l'jour du Mardi-Gras
En s' disant dans ma salamandre
J'en f'rai l'mercredi, des cendres.

Elle reconnaissait volontiers que, dans certains cas, gendarmes et juges avaient leur utilité. Certains parasites devaient être mis hors d'état de nuire. Mais pour un Landru, combien croupissaient en prison pour des broutilles, coupables d'avoir simplement tenté de survivre ? Elle repensa aux petits manouvriers de son enfance, qui payaient de leur liberté la misère de leur existence. Vous avez dérobé une bouteille de médicaments pour votre nourrisson malade ? Quinze jours au trou ! Un savon et du linge usé ? Un mois ! Les peines pleuvaient pour les dérobeurs de miches de pain, les voleurs d'œufs, de patates ou de carottes, les soustracteurs de vieilles paires de bottes... Pas de pitié pour les miséreux.

Et que dire du sort de ces femmes qui, comme Julia, étaient enfermées pour avoir aidé d'autres femmes qui, sans ça, auraient vu leur vie brisée ?

Tout ça pour dire qu'elle n'avait pas pu s'empêcher de ressentir une pointe de fierté quand elle était tombée, dans *Paris-Soir*, sur un entrefilet où il était écrit : « La receleuse Maria Darcy a été interrogée par le commissaire Guillaume. »

Comme les autres fois, elle avait fini à la prison de Saint-Lazare, mais au fond elle ne lui en voulait pas, il faisait juste son travail, tout comme elle faisait le sien. Maria avait accepté les règles du jeu : jouer, perdre, recommencer. Et elle avait beau se creuser la cervelle,

elle n'arrivait pas à s'imaginer dans une autre peau, avec une autre vie que la sienne.

« … Si vous vous entêtez à ne pas vouloir vous expliquer, madame Vincent, soyez assurée que votre bonne amie Julia Dupré se fera un plaisir de nous renseigner, surtout quand elle apprendra que vos dénégations risquent de la faire tomber avec vous. »

Dieu que cet homme était fatigant avec ses grandes phrases et ses « madame Vincent » à tout bout de champ… Maria avait bien envie de continuer à le faire bisquer mais avec tout ce qu'il avait sur elle, il allait bien falloir qu'elle lui donne un os à ronger…

« Bon, bon, commissaire, si c'est comme ça que vous le prenez… La situation est ma foi assez simple : vous savez sans doute qu'il y a quelques mois, j'étais en villégiature à Saint-Lazare, où j'ai connu une brave femme…

– Une certaine dame Labat.

– Je n'ai pas la mémoire des noms, commissaire, vous ne m'en voudrez pas, mais si vous le dites, je veux bien vous croire. Quoi qu'il en soit, cette femme était encore loin de voir le bout de son séjour à Saint-Lazare et, on peut la comprendre, elle se faisait du souci pour quelques affaires chères à son cœur qu'elle avait dû abandonner à la hâte loin de la capitale…

– Les robes, les étoffes et les fourrures retrouvées dans ces fameuses malles…

– Qu'en sais-je, commissaire, je ne mets pas mon nez dans les affaires des autres ! Reste que cette pauvre femme a appris que j'allais bientôt retrouver la vie libre et m'a demandé… non, m'a suppliée de faire la route jusqu'à Rennes pour aller chercher ses biens et les mettre en sécurité, ici, à Paris.

– Et bien évidemment, vous avez accepté la mission.

– J'ai rendu service, commissaire ! Entre femmes, il faut bien s'entraider ! Les féministes ne disent pas autre chose, voyez.

– Rennes-Paris, c'est un long voyage, surtout quand on est chargé comme vous l'étiez. Qui vous a aidée à faire ce pénible trajet, madame Vincent ?

– Commissaire, à mon âge, certains souvenirs se font la malle…

– Bien… Ces traits d'esprit ne servent pas votre cause. Mais passons là-dessus, nous y reviendrons plus tard. Force est de constater que vous vous êtes soigneusement acquittée de cette tâche et que vous êtes revenue dans la capitale, chargée de vos trois… bagages. Vous avez alors décidé de les entreposer chez votre amie Julia Dupré, c'est bien cela ?

– Eh ! Est-ce que j'avais le choix ! Vous avez vu la taille de ma boutique ? À ce propos, commissaire, il faudra que vous veniez y faire un tour, j'ai tout ce qu'il faut pour faire plaisir à votre dame…

– Qu'avez-vous négocié avec la dame Labat en échange de ce service, comme vous dites ? Et avec Julia Dupré ?

– Mais enfin, commissaire ! Un service qu'on marchande, ce n'est plus un service !

– Madame Vincent, les inspecteurs ont retrouvé chez votre amie Julia tout un attirail qui laisse à penser qu'elle aussi rend des services… d'une tout autre nature ceux-ci… Pourriez-vous m'éclairer ?

– Mais bien sûr, commissaire ! Julia est masseuse. Voilà un métier bien utile en ces temps où on court partout jusqu'à se faire des nœuds dans le dos ! Un bon massage, il n'y a rien de mieux pour soulager les gens éreintés. Vous devriez essayer, commissaire, il paraît qu'elle a des doigts de fée…

– Bien. Vous ferez votre numéro dans le bureau du juge d'instruction, madame Vincent. Votre cellule à Saint-Lazare vous attend. »

Maria ressentit une grande lassitude s'abattre sur elle. De celles qui vous collent à votre siège. Saint-Lazare. Le labyrinthe de longs couloirs gris. Les portes métalliques, les escaliers et les galeries glaciales, le cliquetis des clés… Elle ferma les yeux tandis que de grosses mains l'empoignaient pour la forcer à se lever.

Marthe

Marthe écarta le rideau du salon. Les deux voitures étaient toujours garées devant la grille du jardin. Au même moment, la sonnerie du téléphone retentit.

« Allô ?

– Marthe ? C'est moi, Lazare. Il y a une voiture suspecte garée en bas de chez moi.

– Oui, je sais, il y en a deux ici. J'ai envoyé François : une voiture de police et une de journalistes.

– Des journalistes ? Mais qui les a prévenus, grands dieux ?

– Je ne sais pas, Lazare. On ne peut pas se parler là. La ligne est sur écoute. Passe me voir.

– J'arrive. »

Vingt minutes plus tard, ce fut un Lazare dépenaillé, les yeux rougis, la moustache en bataille, que François, le maître d'hôtel, fit entrer dans le salon de Boulogne.

Il était cinq heures du matin. Marthe était sanglée dans un de ses tailleurs les plus stricts. Un général paré à la manœuvre.

« Demain à huit heures, nous sommes convoqués au cabinet du procureur général Pressard pour l'expertise.

– Marthe, je ne la sens pas du tout, cette expertise, j'ai l'impression qu'ils vont s'en servir contre nous. Pourquoi ces flics, ces journalistes ? C'est nous qui demandons une expertise officieuse !

– Je sais, Lazare. Ils nous ont dans leur viseur. Mais à ce stade ils n'ont rien contre nous, aucune plainte. Il faut camper sur notre position : nous sommes irréprochables. D'où notre demande d'expertise.

– Et le carnet rouge ? Est-ce qu'on ne devrait pas s'en servir pour faire intervenir en notre faveur tous ceux qu'on a gratifiés de cadeaux boursiers pendant des années ?

– Surtout pas, ça serait une grave erreur, Lazare ! D'ailleurs, à l'heure qu'il est, Pierre a dû le brûler comme je le lui ai demandé de le faire. Lazare, il ne faut absolument impliquer ni nos obligés financiers ni nos amis politiques. Sinon ils vont chercher à se défendre et ils n'hésiteront pas à nous enfoncer pour sauver leur peau. Ne cite surtout aucun nom, ne te vante d'aucune amitié. Ne compromettre personne : ce doit être notre ligne de conduite. Ne parle pas non plus de l'emprunt italien, c'est un chiffon rouge qu'on agite sous le nez des grands banquiers de la place, cela ne peut que nous nuire.

– On va être bien seuls, Marthe, si on s'y prend comme ça. J'ai peur qu'on ne s'en sorte pas cette fois-ci.

– La peur est mauvaise conseillère Lazare, gardons nos forces pour la bataille. On s'en sortira comme on l'a toujours fait. »

Sous le masque de l'assurance, Marthe aussi avait peur. Pas pour elle – la joueuse qu'elle était aimait le risque et les parties serrées. Non, elle avait peur pour Lazare, pour Pierre, pour Catherine, François, Camille et pour tous les employés du groupe. Pour ceux qui avaient confiance en elle et qu'elle ne pouvait pas laisser tomber ni décevoir. Elle descendit à l'office où tout le personnel était réuni. Les femmes pleuraient.

« Mais qu'est-ce que c'est que ces larmes de crocodile ! Allons, allons, il faut se reprendre. La police risque de débarquer ici. J'attends que vous vous montriez courtois quoi qu'il advienne.

– Est-ce qu'ils vont nous interroger, Madame ? demanda François.

– C'est probable. S'ils vous interrogent sur les personnes qui viennent ici, vous ne donnez pas de noms, vous dites que vous ne vous souvenez pas. Tout ira bien, ne vous inquiétez pas. »

À sept heures et demie, dans le froid et la grisaille de ce 3 décembre 1928 et après une nuit sans sommeil,

Marthe s'engouffrait dans la voiture conduite par son chauffeur Camille, aussitôt suivie par les deux voitures postées devant chez elle. Après une attente interminable dans les couloirs froids et déserts du Palais de Justice, on la fit entrer dans une pièce où l'attendaient trois magistrats dont le juge d'instruction chargé de l'enquête, Isidore Glard.

Marthe était mal tombée, elle le sut immédiatement en voyant se poser sur elle le regard sévère de Glard qui l'évaluait sans complaisance, avec la moue méprisante que réservait aux gens de « la Haute » ce petit fonctionnaire à trois mille six cents francs mensuels. Chouan, monarchiste et ultra-catholique, débarqué récemment à Paris du fin fond de sa Bretagne, il haïssait le beau monde parisien et alimentait cette détestation par la lecture des articles d'Anquetil et consorts. N'ayant aucune connaissance financière, il s'était rapidement fait une opinion de la Bourse et des agissements de *La Gazette du franc* par la saine lecture des articles de *L'Action française*. La perversité des Juifs était pour lui un fait acquis mais les noms des grandes familles françaises acoquinées à ces escrocs, Courville en tête, lui donnaient des ailes vengeresses. Lui, Isidore Glard, pourfendrait le mal et débarrasserait la France de toute cette vermine.

Pour l'heure, il se contenta d'annoncer à Marthe que l'expertise allait démarrer sur-le-champ, diligentée par trois experts, et qu'elle les accompagnerait au siège de *La Gazette*. Le convoi de voitures s'ébranla jusqu'à la rue de Provence où une foule s'était massée en attendant l'ouverture des guichets. Marthe sortit de la voiture, souriante, serrant des mains souvent connues, s'enquérant de la santé du petit dernier et de l'arthrite galopante de Madame. Surtout, elle s'employait à rassurer. Il n'y avait vraiment pas lieu de s'inquiéter, c'était elle, Marthe Hanau, qui avait demandé une expertise officieuse pour montrer que l'affaire était saine. Bien sûr, on rembourserait qui en ferait la demande, les guichets étaient ouverts, il suffisait de s'y présenter.

Pendant ce temps, l'équipe d'experts était montée dans les locaux. Lorsqu'elle les rejoignit, Marthe fut médusée de les voir retourner tous les bureaux, vider par terre le contenu des tiroirs, bouleverser les fichiers telle une horde de sauvages. Elle-même était assaillie de questions et tentait, de mémoire, de reconstituer ce que la comptabilité bancale de ses sociétés ne savait retracer de façon fiable.

À quinze heures, Doyen, l'expert en chef, donna l'ordre de fermer les guichets au prétexte que l'actif s'écoulait au fur et à mesure qu'on l'inventoriait. Marthe était furieuse, elle craignait plus que tout la panique des épargnants s'ils apprenaient que les guichets fermaient et qu'ils ne pouvaient plus être remboursés. Doyen n'en avait cure : ce qui comptait, c'était de réaliser une expertise, pas de protéger la solvabilité de l'expertisée.

À vingt et une heures, après une journée harassante, Lazare emmena Marthe dîner à La Lorraine, une brasserie de la place des Ternes, dont l'ambiance chaleureuse ne parvint pas à alléger les cœurs. Maître Dominique les y rejoignit et écouta, l'air soucieux, le récit que lui fit Marthe des événements de la journée.

– Qu'en penses-tu, Alfred ? demanda Marthe.

– Je ne sais pas. Les nouvelles ne sont pas bonnes. Il y avait un conseil des ministres cet après-midi et j'en ai eu des échos par un ami proche. Poincaré a tapé du poing sur la table. Il n'en démord pas, il veut des investigations immédiates, des mesures impitoyables, il veut faire un exemple. Bref, il veut ta peau. Barthou, le ministre de la Justice, a tenté de lui expliquer qu'il n'avait rien à te reprocher, pas de plaintes au dossier. Il lui a rétorqué textuellement : "Pas de plaignant ? Alors je suis plaignant." Après ça, tout le monde s'est écrasé.

– Ces messieurs craignent pour leur maroquin, soupira Marthe.

– Oui, et par ailleurs j'ai appris qu'il y a trois jours un "comité des victimes" a été constitué. Les souscripteurs des titres du groupe ont été convoqués au commissariat et on leur a fortement conseillé de déposer plainte contre toi et d'entrer dans le comité. C'est Las Cazes qui en sera le défenseur.

– Las Cazes, le pourfendeur de la gauche ? L'ennemi héréditaire des Courville ?

– Oui, lui-même.

– C'est perdu ? interrogea Marthe après un long silence.

– Jamais Marthe, rien n'est jamais perdu. Je te sortirai de là. Je serai là à chaque heure, tant que je ne serai pas crevé. Tu entends ? » dit maître Dominique en baisant le poignet de Marthe.

*

Marthe était allongée dans le noir, les yeux grands ouverts. L'humidité et l'odeur de désinfectant imprégnaient ses vêtements et ses cheveux. Elle entendait une femme geindre à intervalles réguliers. Les images de ces deux derniers jours n'en finissaient pas de tourner dans sa tête, elle aurait voulu se réveiller de ce cauchemar mais c'était bel et bien la réalité : elle était dans la salle de l'infirmerie de la prison de Saint-Lazare.

Le matin même, à l'aube, la police judiciaire s'était présentée chez elle et chez Lazare. Une perquisition avait été effectuée à son domicile et au siège de *La Gazette.* Une armada s'était déployée, retournant tout, tiroirs, papiers, registres.

Dans l'après-midi, Lazare et elle avaient été conduits dans le cabinet d'Isidore Glard. Après de longues heures d'attente dans un couloir, un huissier les avait fait pénétrer dans son bureau. Glard, assis, n'avait pas levé le nez de ses papiers à leur arrivée.

« Madame, les experts ont rendu leur premier rapport.

– Vraiment ! En si peu de temps ! s'était exclamée Marthe. Quelle efficacité louable !

– Oui Madame. Vous êtes accusée d'escroquerie, d'abus de confiance et de création de sociétés fictives. Bloch est votre complice. Je rédige un mandat d'écrou pour tous les deux. Vous dormirez à Saint-Lazare ce soir et lui, à la Santé. »

Marthe avait allumé une cigarette en essayant de contrôler le tremblement de sa main. À côté d'elle, elle entendait Lazare renifler, en sanglots.

« Lazare tiens-toi s'il te plaît ! Mais Monsieur le juge, pourquoi écrouer M. Bloch ? C'était un employé, il obéissait aux ordres, il n'a aucune responsabilité dans tout ça.

– Un employé ? Un employé avec un salaire mirobolant et menant grand train ! C'était votre bras droit et votre complice, vous le savez bien.

– Monsieur, que votre objectif soit de nous ruiner tous les deux, passe encore, mais sachez qu'en nous emprisonnant vous êtes en train de ruiner des épargnants et de ruiner mes employés. Pas de les protéger. Ce gâchis sera de votre responsabilité, pensez-y. »

Isidore Glard s'était levé et avait ouvert la porte sans un mot, un sourire qu'il voulait catégorique aux lèvres. *Il a une tête de rat malade*, ne put s'empêcher de penser Marthe. Puis dans le « panier à salade », Marthe avait fait le voyage debout. Dans la grisaille de décembre défilaient les rues de Paris qui évoquaient des temps joyeux et révolus.

L'arrivée à la prison de Saint-Lazare lui avait fait reprendre ses esprits. C'était l'entrée dans un nouveau monde. Il fallait s'adapter, charmer, conquérir… Elle savait faire.

Le directeur de la prison lui avait donné du « femme Hanau Marthe, Marie… » lui signifiant ainsi que, derrière les barreaux, elle ne serait qu'une détenue parmi d'autres. « Mme Hanau, Monsieur le directeur, ça suffira », avait-elle répondu. Elle avait été confiée à une religieuse, sœur Léonide, qui régnait sur l'infirmerie de la prison – pas de cellule le premier soir, mieux valait éviter les actes désespérés… Là, six lits en fer, six paires d'yeux fixés sur elle, six femmes malmenées par la vie et avides de la voir, de lui parler, presque de la toucher.

« Voilà t'y pas la dame Hanau ? Crénom y'a du beau linge à Saint-Lazare ! Moi vous savez ce que c'est, mon rêve ? Avoir un peu d'argent et vous le confier pour devenir riche ! C'est possible, ça ?

– Oui, bien sûr, avait rétorqué Marthe. Il suffit que nous sortions d'ici toutes les deux, le reste sera facile, je m'en occupe. »

L'autre avait ri d'un sourire édenté, bon public déjà conquis, et la bonne humeur s'était propagée dans l'infirmerie. Marthe avait réussi son examen d'entrée.

Dans la pénombre, quelques heures plus tard, elle sentit une main se poser sur la sienne.

« Vous ne dormez pas ? Voulez-vous un sédatif ? Ça vous aidera, chuchota sœur Léonide.

– Non merci ma sœur, j'ai besoin de réfléchir, répondit Marthe. Puis elle reprit soudain : Je suis juive. Le saviez-vous ? Et athée de surcroît. Divorcée également.

– Oui je le savais, pourquoi me demandez-vous cela ?

– Parce que tout nous oppose, vous ne trouvez pas ?

– Non, pas vraiment. Je sens en vous une femme de cœur et en même temps une femme forte, une dure à cuire. Et cela nous rapproche. »

Marthe révisa instantanément son jugement sur sœur Léonide et sut qu'une relation d'estime réciproque était déjà née entre elles, deux femmes dont les mondes se croisaient à la faveur des hasards de la vie.

Dès le lendemain, Marthe se mit au travail. Sœur Léonide lui avait procuré la presse du jour : deux désespérés ruinés par le krach de *La Gazette* s'étaient suicidés. La colère contre Glard et sa clique la submergea. Heureusement, tous les journaux, quel que soit leur bord, se faisaient l'écho d'une anecdote qui l'enchanta : pendant la perquisition, le téléphone sonne, dans les bureaux de *La Gazette*, un employé décroche et un inspecteur prend l'écouteur. À l'autre bout du fil, c'est un riche industriel honorablement connu : il a cent quatre-vingt mille francs en liquide et propose de les mettre à la disposition du journal pour les aider à tenir le coup… D'autres journaux publiaient le texte d'un télégramme que la police avait refusé de remettre à Marthe : « Ai 107 000 francs en compte chez vous. Achetez-moi une part syndicale. Confiance. » Une trouée de lumière dans un ciel menaçant. Marthe retrouva une énergie nouvelle.

Dans la journée, Glard la fit extraire de prison et conduire rue de Provence où il l'attendait. Les locaux étaient méconnaissables. Les bureaux étaient éventrés, les chaises, renversées, le bureau de Lazare, jonché de boîtes à cigares – vides évidemment. Une horde de sauvages était passée par là.

Un employé fit passer à Marthe une lettre de Pierre qu'elle enfouit furtivement dans son soutien-gorge. Lazare était là lui aussi mais on prenait soin de ne pas les mettre en présence. Il lui fit remettre un petit paquet de sucres par l'entremise d'un greffier compatissant : « De la part de M. Bloch. Il n'en consomme pas à cause de son diabète et il craint que vous n'en ayez pas suffisamment en prison. » Marthe, attendrie, rit de bon cœur : du Lazare tout craché !

De retour dans sa cellule, elle ouvrit fébrilement la lettre de Pierre. Elle savait qu'il avait cherché à se rassurer en visitant ses amis politiques mais qu'il n'avait trouvé que cordialité feinte et poignées de main molles. Tous tentaient de se désengager d'une affaire qu'ils savaient utilisée par Poincaré pour les abattre, eux, ses ennemis politiques. L'honneur d'Audibert et leur amitié ne pesaient pas lourd dans la balance. Non, il fallait hurler avec les loups, plus fort que les loups, et l'on était prêt à sacrifier un bouc émissaire. Audibert était meurtri, empli d'une sourde rancœur. Au fur et à mesure qu'elle lisait ses yeux s'embuèrent, le désespoir la gagna. Comment pouvait-il penser qu'elle l'avait trahi, qu'elle s'était jouée de lui, qu'elle avait sciemment ruiné des gens qui lui faisaient confiance, que ses motivations étaient viles et visaient seulement son enrichissement personnel ? Non, Pierre, l'homme qu'elle aimait, ne pouvait pas douter d'elle, la rejeter sans chercher à comprendre. Elle aurait voulu lui dire qu'elle n'avait jamais cessé de partager ses idéaux, mais il ne voulait plus entendre parler d'elle. Il restait à la disposition de ses avocats, rien de plus. Elle passa la nuit à pleurer, à crier, à taper contre les murs de sa cellule. Sœur Léonide, que l'on avait prévenue, accourut pour la soutenir :

« Oui, c'est dur la prison, je sais…

– Non sœur Léonide, ce qui est dur, c'est de ne pas être comprise par l'homme qu'on aime et de ne pas pouvoir se justifier. »

Depuis sa cellule, Marthe lisait avidement la presse tous les jours. Malgré le secret de l'instruction, le contenu des interrogatoires s'étalait dans les journaux sans que personne y trouve à redire. La justice, admirable et triomphante, se mettait en scène. Ainsi l'instruction suivait son cours et avec elle son lot d'arrestations. Glard, dans son entêtement sadique, coupait des têtes, valet d'un pouvoir à la vertu financière nouvelle et opportuniste. Courville fut incarcéré, suivi de Gillot, l'ex-directeur d'Interpresse. Début décembre, un mandat d'amener fut délivré à l'encontre d'Audibert. Son cœur fragile ne résista pas au choc. Marthe apprit qu'il avait été hospitalisé pour une crise cardiaque, échappant provisoirement aux griffes de Glard. Pourtant, et malgré l'avis des médecins, le 3 janvier à quatorze heures, ce fut Glard en personne qui présida au transfert du malade à l'infirmerie de Fresnes, non sans avoir invité toute la presse qui s'était massée sur le trottoir. En février, Audibert eut trois nouvelles récidives. Aucune voix, ni de ses amis politiques ni de ses confrères journalistes, ne s'éleva contre cette barbarie judiciaire. Depuis sa prison, Marthe se désespérait de savoir Pierre entre la vie et la mort. La révolte bouillait en elle.

La Gazette avait été mise en faillite le 10 décembre 1928, six jours seulement après son arrestation et l'expertise tournait à la bouffonnerie. Ainsi, par hasard, maître Dominique avait croisé dans un établissement de nuit très chic un certain M. Chardin, employé de l'un des syndics de faillite qui s'occupait des affaires Hanau. Ledit Chardin gagnait deux mille francs par mois mais menait grand train à ce que l'on disait : il arrosait les entraîneuses à la Veuve Clicquot mais pas seulement. Une enquête discrète diligentée par maître Dominique permit de montrer qu'il possédait quatre autos, louait un hôtel particulier et avait récemment acheté comptant une maison à la campagne. À la demande insistante de maître Dominique, Glard n'eut pas d'autre choix que de convoquer l'employé indélicat et de permettre à Marthe d'examiner les comptes. On découvrit alors que Chardin avait détourné huit cent mille francs. Maître Dominique, dont l'œil frisait, en fit des tonnes sur la fiabilité des équipes dont s'entourait le juge et Marthe porta plainte.

Partout l'incompétence le disputait à la bêtise et à la malhonnêteté : chèques non portés à l'actif de la faillite, comptes clients remboursés mais figurant toujours au passif, titres sous-évalués à l'actif et surévalués au passif. Marthe démontra, documents à l'appui, toutes sortes d'erreurs et omissions. Au total, elle avait calculé que l'erreur en défaveur de *La Gazette* s'élevait à onze millions de francs !

Elle travaillait jour et nuit dans l'inconfort de sa cellule, rédigeant lettres, mémoires et notes. Elle faisait appel à « la justice des esprits libres, au-dessus de la justice professionnelle, hargneuse ou complaisante, enchaînée à la puissance politique », dédouanait systématiquement ses collaborateurs et se revendiquait seule responsable de ce dont on l'accusait. Elle avait également, dans un ultime geste de dignité, versé volontairement sa fortune personnelle pour rembourser les créanciers. Et elle promettait que, si elle obtenait un concordat[1], elle rembourserait la dette à 100 %. Un comité, le « groupement central de défense des clients de *La Gazette du franc* », avait même été créé spontanément par un ancien agent de *La Gazette* et représentait la moitié des cinq mille créanciers. Partout dans la presse, on parlait de l'affaire Hanau. L'espoir la dopait.

*

Le long cortège des prévenues et détenues s'ébranlait en direction du réfectoire, succession de tables et de bancs en bois. À droite un poêle et, sur le mur, un Christ en croix, au fond deux statues, la Vierge et de l'autre côté peut-être saint Lazare.

Malgré les directives serinées par les sœurs, « par deux et en silence », ce n'étaient qu'invectives, apostrophes et bourrades. Une détenue se fraya un chemin jusqu'à Marthe :

« Ah m'dame Hanau ! J'étais à l'infirmerie hier, sœur Léonide vous fait dire qu'elle n'a pas trouvé votre livre à la librairie. Elle l'a commandé. C'est le livre d'un

1. Procédure qui permet à une entreprise en règlement judiciaire ou en difficulté financière d'obtenir des délais de paiement et/ou une remise de sa dette de la part de ses créanciers.

certain… Comment qu'elle a dit déjà. Ah oui ! Un dénommé Picrate.

– Picrate ! s'esclaffa sa voisine. Ben j'aimerais bien qu'il s'invite à notre table, celui-là, avec un nom pareil !

– Mesdames, sourit Marthe, je vais vous décevoir, c'est Socrate, pas Picrate. C'est un philosophe de l'Antiquité.

– Ouh là là. Ben je sais pas où vous allez chercher tout ça m'dame Hanau. Ça doit être rudement ennuyeux…

– Non Justine, il nous apprend comment vivre une bonne vie, ce n'est pas ennuyeux.

– Y ferait bien de venir ici celui-là. Y verrait ce que c'est une bonne vie…

– Une bonne vie dans sa tête, Justine. Ça aide à supporter la réalité. »

Germaine, matrone d'un mètre quatre-vingts condamnée pour avoir tué son mari, vint s'asseoir près d'elle.

« Ah bonjour Germaine ! Comment allez-vous ? Des nouvelles de votre sœur ?

– Ben justement m'dame Marthe, j'ai reçu une lettre hier. Vous pourriez pas me la lire ?

– Si, tout à fait. Faites-moi voir ça. Et puis on écrira la réponse ensuite, d'accord ?

– Oui m'dame Marthe, comme d'habitude ! »

À la fin du repas, les sœurs égrenèrent les corvées dévolues à chaque table. Celle de Marthe écopa de la corvée de latrines. Germaine se leva de son banc et héla une détenue :

« Andrée, viens voir là. Tu vas prendre la place de m'dame Marthe et elle va te remplacer pour trier les lentilles.

– C'est gentil Germaine, intervint Marthe, mais je peux faire la corvée de latrines.

– Mais non m'dame Marthe, vous allez encore être blanche comme un linge avec le nez dans cette puanteur. Trier les lentilles, c'est plus fait pour vous. »

Marthe avait su s'attirer la sympathie de ses codétenues qui ne lui faisaient pas payer son statut social mais, au contraire, s'attachaient à lui rendre la vie plus facile. Une écrasante solitude lui pesait néanmoins. Pierre était sorti de sa vie, Lazare dépérissait derrière les barreaux. Abandonnée par ceux qui avaient été ses amis, collaborateurs ou obligés, elle n'avait plus que maître Dominique, fidèle parmi les fidèles.

L'avocat taclait Glard, s'indignait dans la presse, pourfendait Las Cazes et son « comité des victimes ». Il avait même, au prix de mois de démarches assidues et d'appuis politiques sollicités sans relâche, obtenu une protestation de la Ligue des droits de l'homme dont le président, Henri Guernut, répugnait d'ordinaire à s'immiscer dans les affaires financières. La Ligue avait ainsi relevé quatorze infractions à la loi : ouverture d'une instruction sans plaignants, violation du secret de l'instruction, détention d'inculpés gravement malades, scandale de l'affaire Chardin, refus d'une contre-expertise… Elle demandait au garde des Sceaux de prendre des mesures « afin que le scandale de *La Gazette du franc* ne se transforme pas en scandale judiciaire ».

L'ami ne la laissait pas tomber non plus. Ainsi le fantasque Alfred avait-il un beau jour fait déferler Wagner et ses Walkyries dans la cellule de Marthe. Il avait loué à prix d'or une chambre de bonne de la rue de la Ferme-Saint-Lazare qui faisait face à sa cellule, déménagé l'installation stéréophonique de l'hôtel particulier de Boulogne et passé, fenêtre grande ouverte, tous ses opéras préférés. Marthe fermait les yeux et retrouvait les émotions partagées autrefois avec Pierre, la douceur des soirées de Deauville entre amis et les dîners joyeux de Boulogne.

*

Marthe attaqua son petit déjeuner d'un bon coup de fourchette. Œufs au bacon, viennoiseries, salade de fruits frais, jus d'orange. La cuisinière était une vraie perle ! Et toutes ces fleurs partout dans sa chambre, quel régal pour les yeux, quel parfum merveilleux ! Sans parler des draps et de la couverture moelleuse dans lesquels elle se prélassait. Ce matin d'avril 1930 laissait filtrer à travers les persiennes un doux soleil de début de printemps.

Tout à coup, son deuxième croissant lui parut écœurant. La sensation de la sonde dans sa gorge remonta en elle comme un cauchemar éveillé. Il y avait à peine un mois de cela, Marthe avait vécu l'un des moments les plus terribles de son existence.

Le jeudi 24 octobre 1929, un krach boursier avait secoué Wall Street. L'onde de choc n'avait pas tardé à se répercuter en Europe provoquant ruine des petits épargnants, faillites et hausse vertigineuse du chômage. Face à ce désastre économique, le cas Hanau n'intéressait plus. Or Marthe savait parfaitement que si le silence se refermait sur son dossier, ses ennemis auraient le champ libre pour l'anéantir. Il fallait faire parler d'elle à tout prix. Quelque chose d'inédit, de spectaculaire, qui la fasse remonter dans les premières pages des journaux. Un jour de mars 1930, elle sut qu'elle tenait son idée : elle allait se lancer dans une grève de la faim, à la façon de Gandhi avant elle. Quoi de plus dramatique et de plus courageux que mettre sa vie en danger pour défendre son honneur ? Même Pierre serait obligé de reconnaître qu'il avait été injuste avec elle.

Elle avait donc avisé sœur Léonide et l'administration de Saint-Lazare de sa décision et fait passer le message par maître Dominique à des journalistes amis. Désormais, le plus dur restait à faire : dompter son corps, lui imposer sa volonté. La grève de la faim pour une ogresse comme elle, quelle ironie ! En prison, elle avait lu et relu les philosophes stoïciens : l'effort pour arriver à la sagesse, l'indifférence au plaisir comme à la douleur, la vertu qui doit résider tout entière dans l'intention. Ces idées la soutenaient et elle passa les premiers jours dans une sorte d'état jubilatoire. Le corps souffrait, mais constater qu'elle pouvait le maîtriser par la force de sa pensée la stimulait. Sœur Léonide et maître Dominique avaient beau la supplier de renoncer, rien n'y faisait. Et pour faire bonne mesure, elle qui fumait soixante cigarettes par jour avait aussi totalement arrêté le tabac.

Mais, au huitième jour de grève, son cœur flancha. L'administration de Saint-Lazare prit peur et la fit transférer à Cochin. Pas moins de deux cents agents furent mobilisés pour accompagner son trajet. Des milliers de gens, alertés par la presse, se pressèrent sur les trottoirs pour voir passer le convoi. Marthe avait à peine la force de sourire mais elle exultait : elle avait gagné, elle faisait à nouveau la une des journaux !

À Cochin, l'équipe médicale entreprit de la nourrir par sonde. Marthe, exsangue, gisait sur son lit. Deux infirmières placées de chaque côté lui maintenaient les poignets tandis que l'interne et le médecin essayaient d'enfoncer la canule en verre dans sa gorge. Alors, de son corps à demi-mort, elle avait fait émerger l'énergie des désespérés : arrachant les mains qui la tenaient, elle avait flanqué un coup de poing dans la tête de l'interne qui se tenait au-dessus d'elle et hurlé de toutes ses forces : « Allez-vous-en ! Vous n'avez pas le droit de me forcer ! Sortez ! » Ils étaient sortis. Et revenus les jours suivants. Toujours plus nombreux pour tenter de dompter ce corps qui n'en pouvait plus mais qui résistait. Pas une fois elle n'avait capitulé.

Si son corps était en déroute, son esprit, lui, restait acéré. Avec l'aide de maître Dominique, elle avait fomenté son évasion de Cochin. Avec le recul, elle ne pouvait s'empêcher de se demander où elle avait bien pu trouver l'énergie pour s'échapper par une fenêtre, prendre un taxi qui l'avait conduite chez elle à Boulogne où l'attendaient François et Catherine ainsi que son médecin qui lui avait administré une piqûre de camphre. Puis un nouveau taxi pour se rendre à Saint-Lazare. Là, elle en riait encore, il avait fallu klaxonner devant la porte pendant dix bonnes minutes pour que le gardien

Paoli sorte, une lanterne à la main : « Paoli, c'est moi, Mme Hanau, laissez-moi entrer.

– Mme Hanau ? Certainement pas ! Elle est morte à Cochin aujourd'hui, la TSF de Monsieur le directeur a donné la nouvelle il y a une heure. » Paoli avait finalement laissé entrer la revenante, de Cochin à défaut de l'au-delà, qui s'était effondrée dans les bras de sœur Léonide : « Il fallait que je revienne, là-bas ils m'auraient tuée. »

À Saint-Lazare, Marthe avait continué sa grève de la faim tandis que maître Dominique se battait comme un beau diable pour obtenir sa liberté sous caution. C'était une course contre la montre : les médecins étaient formels, elle ne tiendrait plus que quelques jours. *In extremis*, il avait eu gain de cause et Marthe avait recommencé à se nourrir.

La caution avait été fixée à huit cent mille francs. Marthe étant ruinée puisque l'intégralité de son patrimoine avait été abandonnée au profit des créanciers de *La Gazette*, il avait fallu frapper à toutes les portes pour réunir la somme. Le Comité de défense des créanciers de *La Gazette du franc* réussit à collecter deux cent mille francs. Du fond de sa cellule, Lazare écrivit aux juges qu'il consentait « à demeurer dix ans en prison s'ils libéraient Marthe Hanau ». Finalement, et à l'insu de Marthe, maître Dominique réussit à convaincre Mme Hanau mère, que son avarice avait rendue riche, à donner les six cent mille francs restants.

Et Marthe se retrouvait aujourd'hui dans une luxueuse clinique de Neuilly, bien vivante et pressée de s'attaquer à ses nouveaux projets.

Maître Dominique porta sa main à ses lèvres.

« Tu nous as fait peur, lui murmura-t-il. Ma chère tête de mule. Comment te sens-tu ?

– Svelte, pour une fois dans ma vie ! Plus sérieusement, j'ai beaucoup réfléchi, je sors de la clinique dans quelques jours et j'ai du pain sur la planche.

– Tu parles d'obtenir le concordat ?

– Oui, mais pas seulement. Je vais créer un nouveau journal. Il s'appellera *Forces.*

– Mais tu n'as pas un sou vaillant, Marthe !

– Qu'importe, ce sont mes lecteurs qui le financeront, le journal vivra de leurs souscriptions.

– Admettons, mais comment le feras-tu connaître et diffuser ? La grande presse ne te soutiendra pas, tu le sais.

– Je ferai des conférences un peu partout en France, je militerai pour mes idées. J'en profiterai aussi pour expliquer qu'il faut que mes créanciers me fassent confiance et votent le concordat, qu'ils seront tous remboursés à 100 %. Et pour la publicité, je donnerai cinq francs à chaque kiosquier qui voudra bien l'afficher. Je sais, c'est peu, mais ça devrait suffire.

– Et quelles idées défendras-tu ?

– Celles que j'ai toujours prônées. En cette période de crise, d'incertitude, les gens ont besoin qu'on les conseille, qu'on les défende. Unis, ils sont une formidable force financière, il faut qu'ils en prennent conscience et qu'ils soient rétribués à cette juste mesure. J'ai déjà en tête le texte de la manchette du journal : "Quiconque fait commerce d'argent et sert aux capitaux un intérêt variant entre 0,5 et 1,5 % lèse, à son profit personnel, l'épargne publique." Qu'en penses-tu, c'est clair, non ?

– Oui. Presque trop. Tu sais que tu vas encore t'attirer la foudre des grandes banques et de tes ennemis politiques, Marthe. Est-ce bien le moment ?

– La meilleure défense c'est l'attaque, Alfred. Alors je vais attaquer. »

Forces vit le jour en juin 1930. En septembre, les créanciers de *La Gazette* furent convoqués au tribunal de commerce pour voter le concordat.

Marthe n'avait pas ménagé sa peine, sillonnant la France de conférences en conférences. Son journal *Forces* avait du mal à décoller mais elle déplaçait les foules à chacune de ses apparitions. Et, aujourd'hui, plus de cinq mille créanciers se pressaient dans le hall d'entrée du tribunal, aucune salle n'ayant pu tous les accueillir. Marthe avait tenu à plaider son cas elle-même. Elle récapitula les résultats financiers des syndicats, les intérêts qu'elle avait versés, les remboursements effectués sur simple demande, et dénonça les experts et les juges qui l'avaient empêchée de poursuivre son activité. Elle promit de rembourser chacun jusqu'au dernier franc. L'auditoire l'acclama. Le concordat fut voté avec cinq mille deux cents voix pour et cinq contre sous les bravos de la foule.

*

Le 30 octobre 1930, le procès de *La Gazette* s'ouvrit devant la 11e chambre correctionnelle de Paris. Les scandales financiers abondaient, l'affaire Oustric[2] défrayait la chronique, l'économie se portait mal et la Bourse était au plus bas. Tout jouait contre elle, mais Marthe Hanau pénétra dans la salle d'audience comme une guerrière prête à livrer son plus âpre combat. Son premier regard fut pour Pierre. Depuis son arrestation, presque deux ans auparavant, elle lui avait écrit sans relâche, plaidant sa cause, se tournant même vers Raymonde pour intervenir en sa faveur. Rien n'y avait fait. Lui, le héros de guerre, l'homme d'honneur, ne pouvait pardonner à Marthe cette salissure qui le rendait infidèle à son passé. Ce qu'elle vit la glaça. Un homme prématurément vieilli, prostré, visiblement malade, l'ombre de D'Artagnan, le spectre de lui-même, de l'homme qu'elle avait aimé et qu'elle aimait encore. Une vague d'émotion mêlée de rage la submergea. Elle allait y puiser l'énergie pour sauver son honneur et, plus encore, celui de tous ceux qui l'avaient accompagnée dans son épopée.

« Ce que vous appelez, Madame, "conceptions nouvelles et spéciales en matière de banque" n'est, pour le ministère public, que la banale escroquerie que nous avons si souvent à juger. Un journal et une banque, celui-là rabattant la clientèle sur celle-ci. Et cette

2. En 1930, une affaire de spéculation boursière menée par le banquier Albert Oustric éclaboussa le milieu politique et notamment le garde des Sceaux.

escroquerie ne serait que banale si elle ne se différenciait des autres du même genre par son envergure. »

En prononçant ces mots, le président Gaultier scrutait avec curiosité cette petite femme souriante dont l'audace l'intriguait.

« Si j'avais fait acheter des valeurs en chute verticale, on me plaindrait, on ne m'inquiéterait pas. J'ai promis, et donné, 8 % : on m'arrête ! » ne put s'empêcher de clamer Marthe. Car c'était bien de cela qu'on l'accusait : trop d'imagination, trop d'audace, trop de réussite au service d'une spéculation démocratisée dont le petit épargnant pouvait tirer profit et pas seulement les grandes banques et leurs obligés politiciens.

« Cependant, et tout en admettant la thèse du parquet, il y a quelque chose de nouveau dans votre affaire, poursuivit le président Gaultier. Alors qu'en général, les membres d'un même conseil d'administration se rejettent mutuellement les responsabilités, vous avez, vous, courageusement assumé la vôtre en couvrant vos collaborateurs. Il y a lieu de vous féliciter de ce geste. »

Disculper Pierre, Lazare et Courville avait été son premier objectif. De grands noms de la noblesse et de l'économie avaient témoigné en faveur de Courville, louant sa probité, son honorabilité et son patriotisme. La formule de l'amiral Lacaze, « Il a été trompé et n'a pas voulu tromper », avait marqué les esprits. Quant aux amis de Pierre, politiciens et journalistes, ils n'étaient qu'une poignée, et pas les plus en vue, à avoir accepté d'associer leur nom au sien. D'Artagnan n'était plus. À sa place, le vieil homme d'à peine cinquante ans qu'il était devenu suivait les débats en buvant régulièrement une potion calmante tendue par Raymonde. Ce serait les dernières images qu'elle aurait de lui.

Le verdict était tombé le 29 mars 1931. Au terme de trois heures de lecture d'un jugement de cent cinquante-six pages elle avait été condamnée à deux ans de prison et Lazare, à dix-huit mois. Pierre et Courville étaient relaxés. Elle n'avait pas hésité une seule seconde : « On fait appel. » À Lazare qui se serait bien contenté de faire les quelques semaines restantes de prison elle avait répondu, inflexible : « Deux ans et dix-huit mois, c'est trop peu pour des criminels et c'est trop pour des innocents. » Ils avaient donc fait appel.

Pierre était mort deux jours plus tard. Comme s'il avait rassemblé toutes ses forces pour tenir jusqu'à ce que son honneur soit lavé, puis lâché, au bout du rouleau. À jamais, elle le savait, cet amour malheureux la hanterait.

Renée

Le matin du grand jour, Renée choisit une tenue sobre, qui lui semblait parfaitement refléter son état d'esprit décontracté : tailleur en lainage marron sur chemisette bleue, béret sans façon sur la tête.

Elle fit son entrée à Dôle la tête haute, entre les deux gendarmes qui la convoyaient depuis la prison Lyon.

« Quelle vilaine ville ! s'exclama-t-elle tout haut en débarquant à la gare. Et quelle sale région ! Comment ai-je pu songer un seul instant à m'y établir ? »

Elle pestait encore quand elle découvrit, ébahie, la foule massée devant le palais de justice. « Ma parole, toute la région s'est donné rendez-vous au tribunal ! » fit-elle en se tournant vers l'un des gendarmes qui l'escortaient.

Renée ne pouvait contenir son excitation. Tous ces gens étaient venus pour la voir, l'entendre, peut-être même l'applaudir, elle, la « marquise aux cent vies », la « Stavisky du Périgord », la « châtelaine aventurière »... Elle avait hérité ces surnoms de la plume des journalistes, qui n'auraient pour rien au monde manqué ce procès prometteur de savoureuses surprises. « N'est-ce point, en effet, un véritable roman que la vie de Renée Saffroy ? Et que de chapitres ne comporte-t-il pas ! » avait écrit *Paris-Soir* pour allécher le lecteur. Bien décidés à faire leurs choux gras du spectacle, des envoyés spéciaux avaient été dépêchés de toute la France et se disputaient maintenant ses regards.

Ce fut avec un sourire épanoui que Renée pénétra dans le tribunal. Son défenseur, maître Paul Fayaud, lui avait fait ses recommandations alors qu'elle était à la prison de Lyon, où elle attendait sereinement le jour J. Elle avait goûté à ces quelques semaines de détention comme on apprécie le calme après la tempête. Ses codétenues étaient de braves filles que la stature criminelle et la notoriété médiatique de Renée impressionnaient. Le travail à l'atelier lui permettait de gagner quelques sous qui lui étaient nécessaires pour sa correspondance avec ses chers enfants. Pour le reste, elle faisait avec ce qu'on lui donnait, ne se plaignant même pas des repas insipides qu'elle mangeait d'un excellent appétit. « Il faudra rester calme et respectueuse, et surtout me laisser mener votre défense », lui avait enjoint maître Fayaud. *Cause toujours*, avait pensé Renée.

Quel dommage qu'elle n'ait pas été jugée à Paris, comme sa demi-sœur. Renée n'avait pas pu échapper au battage qu'avait provoqué le procès de Germaine Huot. Une avalanche d'articles racontaient la vie et l'œuvre de cette « Parisienne à la mode », ses mille et un soupirants, ses voyages de par le monde, ses maisons à la ville et aux champs, ses bijoux et ses fourrures. Et puis son entrée très réussie au tribunal, son allure princière, sa tête fière, ses traits fins… Ainsi traitait-on la meurtrière d'un préfet, enrageait Renée !

Son jour à elle, enfin, était arrivé. Depuis le box où elle trônait, sous le crépitement des flashs des photographes, Renée toisa la salle pleine à craquer, puis détailla la cour. Le président du tribunal lui fit immédiatement une désagréable impression, avec sa mine austère et ses manières affectées. Elle avait appris de son avocat que Faget de Casteljau – tel était son nom – était tout récemment entré dans la magistrature après une longue carrière comme avocat à la cour de Dijon. Cet homme qui appartenait à une vieille famille comtoise fort estimée dans la région ne manquerait pas de montrer qu'il prenait sa nouvelle fonction très au sérieux et qu'il était capable de mener les débats d'une main de fer.

À neuf heures précises, il déclara la séance ouverte et un silence respectueux se fit.

« Saffroy Renée, approchez, lui ordonna-t-il sèchement.

– Voilà ! » fit-elle joyeusement.

Elle enleva d'un geste prompt son béret, libérant sa chevelure noire et bouclée, et alla se placer sous le nez du président.

« Si vous êtes devant la cour aujourd'hui, c'est pour répondre d'une longue série de méfaits commis à travers toute la France. Vous avez fait des dupes à Paris, Biarritz, Orbec, Neuvic, Douai, Lille, Boulogne, Berck, Richwiller, Strasbourg, Haguenau, Lyon, Chamblay, et enfin à Chalamont où votre parcours criminel a pris fin.

– Eh bien ! siffla-t-elle en prenant une mine admirative. Vous êtes mieux au fait de mon tour de France que moi !

– Partout, vous avez mené une vie d'opulence…

– Mon Dieu ! Mais c'est le train de vie courant des gens de notre situation ! » s'exclama Renée, qui accueillit avec un large sourire les esclaffements de la salle.

Renée avait l'assurance tranquille de ceux qui savent qu'ils n'ont pas laissé de traces, ou si peu. Et puis, que lui reprochait-on, après tout ? Elle n'avait presque rien eu à faire ! Envoyer un chauffeur porter sa carte de visite aux châtelains dont elle convoitait le bien, flatter les egos, remplir les panses, arroser les gosiers… Et le tour était joué ! Entre gens du même monde, la confiance régnait.

Avec les commerçants et agriculteurs, la partie avait été encore plus facile. L'heure était à la dépression agricole, partout des fermes étaient saisies, les « chemises vertes », des comités de défense paysanne, soulevaient des foules de mécontents. L'arrivée d'une nouvelle châtelaine était la promesse d'un alléchant gâteau dont il fallait à tout prix obtenir une part, la plus grosse si possible. Du marchand de meubles à l'éleveur de bétail, tous se bousculaient à la porte de la marquise, l'œil avide et la main leste sur les faveurs accordées à cette noble femme sans manières. Elle n'avait rien eu à demander ! La naïveté et l'avidité de l'espèce humaine étaient sans limite…

Renée voyait son procès comme l'occasion de tenir tête à tous ces imbéciles d'hommes qui, sous couvert de représenter l'ordre et la loi, enrageaient qu'une femme ait pu se jouer si aisément de la gent masculine.

Comme le lui avait conseillé son avocat, elle avait reconnu à l'instruction tous les faits qui lui étaient reprochés et accepté tous les témoignages, de sorte qu'on n'avait pas jugé nécessaire de convoquer les quarante-trois plaignants de l'affaire.

À la barre, seul le docteur Locard, le directeur du laboratoire de police technique de Lyon, fut prié de donner ses impressions sur l'aventurière Renée Saffroy.

« Vous avez examiné l'accusée lors de sa détention à la prison Saint-Joseph, au mois de novembre de l'année dernière. Quelles conclusions pouvez-vous partager avec la cour, docteur ?

– Eh bien… Renée Saffroy s'est présentée à nous avec un air de parfaite sérénité. Sa détention ne semblait pas avoir le moins du monde influé sur son caractère, qui restait très gai. Je dois dire, Monsieur le président, que la marquise ne manque pas d'humour. À moins que ce ne soit d'inconscience. Elle s'est montrée tellement à son aise que, quand nous avons écrit son signalement, elle nous a fait observer, non sans une pointe d'ironie, que le français que nous employions était incorrect et que la criminalistique ne perdrait rien à utiliser un langage plus pur. Sur le plan purement psychique, j'ai pu relever un traumatisme d'abandon inconscient lié à la découverte tardive de la double vie du père du sujet, qui a contribué à développer chez Mme Saffroy un double mécanisme de protection et d'agression. Le monde de Mme Saffroy est binaire, divisé entre agresseurs et agressés, héros et victimes. Quant à sa vision de l'existence, elle est tout à fait martiale. Pour se protéger de l'homme vu comme un agresseur, elle a décidé qu'elle serait celle qui agresserait, celle qui abandonnerait, et celle qui, finalement, triompherait. Une intolérance à la frustration, un désir insatiable de possession, une incapacité à ressentir de l'empathie pour ses victimes complètent ce tableau clinique. Pour finir, je dois avouer que je trouve ce sujet tellement particulier que sa photographie et ses empreintes mériteraient de figurer au musée de criminalistique, parmi les escrocs de première catégorie ! »

Renée se retint d'applaudir cette analyse dont elle n'avait pas perdu une miette. Elle n'avait jamais pensé à elle en ces termes, mais après tout, puisque c'était un expert qui le disait !

« Je vous remercie, docteur Locard, reprit le président. C'est peu dire en effet que l'accusée, nous le verrons, n'a manifesté aucune espèce d'empathie pour ses nombreuses victimes. Et pourtant, rien ne prédestinait cette femme bien née à devenir la criminelle froide et sans cœur qu'elle a mis tant d'allant à être. Nulle misère, nul manque d'instruction n'expliquent cette impensable dérive. Il y eut dans l'existence de Renée Saffroy de l'amour et bien suffisamment d'argent pour mener une vie d'honnête femme, loin de toute tentation criminelle. Petite-fille d'un respectable maroquinier qui fit fortune grâce à l'ingénieuse invention du porte-monnaie à boules, fille de banquier, élevée au couvent Sainte-Clotilde, mariée en premières noces avec un honorable industriel de bonne famille, Renée Saffroy aurait pu, aurait dû faire ce que la société attend légitimement de toute femme de son rang : prendre soin de son foyer. Et puisqu'elle a manifestement le cœur sur la main et tant d'énergie à dépenser, rien ne l'empêchait de s'investir dans des œuvres caritatives ! Au lieu de ça, Renée a fait le choix d'abandonner son mari et son fils…

– Dites donc, mon vieux… Je veux dire, Monsieur le président… Je ne peux pas vous laisser dire ça !

– En quelle année est mort votre mari ? »

Après la guerre, songea Renée. Mais en quelle année exactement ? Elle avait perdu le compte.

« Visiblement, cela ne vous a pas beaucoup frappée ! reprit le président, triomphant.

– Ma foi non ! »

Il laissa passer quelques instants, espérant sans doute que chacun ait le temps de prendre toute la mesure de la légèreté de l'accusée.

« Après quoi, c'est la vie de château qui a commencé, en compagnie d'un généreux Israélite, concessionnaire de la fourniture des oreillers et couvertures sur les voies ferrées. »

Puis, se tournant vers la salle, comme pour mieux faire peser ses propos :

« Au château de La Guette, Mme Renée Saffroy dépensa sans compter, invita à sa table chaque semaine de prestigieux amis, organisa d'éblouissants galas de bienfaisance…

– Qui s'en plaindrait ? La générosité a toujours été l'une de mes grandes qualités.

– C'est sans doute cette qualité qui explique que, des années durant, où que vous passiez, de Paris à la Côte d'Azur, vous avez laissé partout de faramineuses notes impayées. À Cannes, par exemple…

– J'avais laissé en gage pour deux cent mille francs de toilettes !

– À la vente, on en a retiré mille quatre cent seize francs.

– Eh bien mon vieux, vous vous rendez compte de ce qu'on perd dans les ventes publiques de nos jours ! »

Elle se tourna vers la salle, contente de sa réplique.

« À la mort de votre généreux compagnon, vous avez estimé qu'il vous fallait un titre pour inspirer confiance ? demanda le président.

– Oh, comme si la noblesse inspirait encore confiance ! La particule a perdu tout son prestige ! »

La salle fut parcourue par un frisson de stupéfaction, que Renée accueillit avec délice. C'était exactement l'effet qu'elle recherchait. Elle avait aussi perçu le léger bond qu'avait fait son défenseur, qui à présent se tassait sur son siège, regardant le bout de ses chaussures cirées. Le président Faget de Casteljau, lui, avait blêmi. Toussotant, il reprit d'une voix qu'il voulait forte mais dont Renée sentait toute la rage impuissante :

« Le résultat fut que l'accusée épousa, dans les conditions que l'on sait, le marquis Rola de Rozycki. Elle connut son futur mari le jour du mariage… à la mairie !

– C'est parfaitement faux ! l'interrompit Renée. Je suis allée le rencontrer à l'hospice d'Ivry. Le coup de foudre fut réciproque, ajouta-t-elle avec une grimace sardonique.

– Les facéties de l'accusée n'enlèvent rien à la triste réalité : c'est bien contre son gré que le malheureux aliéné épousa Renée Saffroy, laquelle ne s'en trouva pas moins nantie d'un titre parfaitement authentique. La vie de château a alors recommencé. À Neuvic-en-Dordogne, elle s'installa au manoir sans bourse délier et se lança dans les préparatifs d'un mariage qui allait bientôt se transformer en cauchemar pour le marquis. Car, quelques mois après leur union, le jugeant sans doute trop encombrant, elle l'abandonna en plein Paris, non sans l'avoir préalablement dépouillé de ses papiers d'identité. Le pauvre homme livré à lui-même fut obligé de vendre sa bague pour rejoindre son frère. L'accusée, elle, jeta son dévolu sur le château de Montfort, où elle mena, là encore, la grande vie. Voici le récit qu'en ont fait les témoins et plaignants de l'affaire.

« En août 1934, une somptueuse Hispano s'arrête devant un hôtel d'Orbec, dans le Calvados. Une élégante voyageuse en descend, suivie de deux jeunes gens. Elle déclare à l'hôtelier arriver de Meulles où elle est allée acquérir le château pour deux millions et demi. Les meilleures chambres sont mises à la disposition de ces riches voyageurs. À l'office, le chauffeur convié à prendre l'apéritif confie que sa maîtresse est la comtesse de Sommery, accompagnée de ses deux enfants. Le lendemain, la marquise annonce ses fiançailles prochaines avec le duc de Montmorency, retenu à Deauville. Bien entendu, on fêterait cela à l'auberge. Et pourquoi pas le permis de chasse de son fils aîné, tant qu'à faire. En attendant, un notaire est invité à une table copieuse. Puis la comtesse se présente comme la nouvelle propriétaire au personnel du château de Montfort. Ayant emprunté des draps à l'auberge, nos néochâtelains passent la nuit sur place. Quelques jours plus tard, le notaire doit annoncer à Orbec que la châtelaine est inconnue aux différentes adresses parisiennes qu'elle a données. Après avoir lancé diverses invitations en vue de pendre la crémaillère, la comtesse de Sommery demeure introuvable : elle s'est enfuie avec chauffeur et enfants.

« Cet invraisemblable tour de France criminel s'est poursuivi ainsi plusieurs mois durant. Quand ce ne sont pas les châteaux, ce sont les établissements de loisir que

Renée Saffroy convoite ! Début septembre, l'accusée a opéré à Lille et Boulogne-sur-Mer. Dans cette dernière ville, elle projeta la réouverture d'un hôtel depuis longtemps fermé et réussit à intéresser un commerçant dans l'affaire pour quelques milliers de francs. Mais, pris de soupçons, le prêteur déposa une plainte. Renée Saffroy gagna alors Calais, Dunkerque et la Belgique. Elle resta quelques jours à Ostende, où elle vécut d'expédients. Le 16 septembre, elle arrivait à Lille, non sans avoir défrayé la chronique mondaine de plusieurs plages belges. Elle se mit en rapport avec le directeur d'un établissement de la rue de Béthune, en proposant de prendre le bar de cette maison pour quarante mille francs. Au maire d'une localité proche de Douai, elle voulut acheter une propriété et, à plusieurs commerçants ou industriels, elle proposa des affaires étonnantes. Cette activité extraordinaire attira l'attention de la police. L'aventurière quitta la ville le surlendemain. Elle devait gagner Dijon, puis essayer à Chamblay l'acquisition – sans argent – du domaine de Clervans. »

Renée avait profité de cette longue litanie pour se repoudrer le nez. Quelle chaleur il fallait endurer dans ce tribunal !

Le président se tourna vers elle l'air sévère.

« À Chamblay, vous vous êtes donc installée au château de Clervans, sans avoir payé le premier sou des huit millions cinq cent mille francs convenus pour l'achat. Vous avez engagé des domestiques, une intendante, un directeur commercial, un directeur technique, un entrepreneur et un architecte. Puis, arguant auprès du notaire de votre hâte de lancer l'exploitation, vous avez obtenu l'autorisation d'entreprendre quelques menus travaux dans les écuries. Au lieu de quoi vous avez entrepris à grands frais la réfection, l'aménagement et la modernisation des dépendances mêmes du château. Puis vous vous êtes fait livrer du bétail, des fourrages, toutes sortes encore de fournitures, des costumes d'amazone et des milliers de francs de parfumerie !

– Quand on n'est pas belle, il faut bien s'arranger !

– Et le champagne a coulé à flots ! Que de dîners à crédit où étaient invités tous les notables du pays !

– Quand on a travaillé toute la journée, on a bien le droit de s'amuser !

– Et quel travail faites-vous donc, chère Madame ? »

Son idiot d'avocat intervint avant elle :

« Ma cliente sait parfaitement faire vêler les vaches !

– Elle sait surtout traire les hommes, riposta M. Mougne, le procureur de la République. »

Renée ne put s'empêcher de s'esclaffer. Cet homme ne manquait pas d'esprit, en d'autres occasions elle l'aurait bien convié à sa table.

« Rien n'est jamais trop beau pour vous, vous êtes atteinte de la folie des grandeurs ! reprit le président. N'avez-vous pas conçu le projet de reconstituer la bergerie de Marie-Antoinette ? » Il se tourna vers l'assistance. « Et voilà qu'un beau jour l'accusée se mit à enrubanner de bleu tout un troupeau de moutons, non sans provoquer la plus grande stupeur parmi les villageois alentour. »

La salle bruissa de ricanements. « Oui, il est vrai que nous pourrions en rire tant la scène est grotesque. Mais les victimes de cette femme, elles, n'ont plus que leurs yeux pour pleurer : l'entrepreneur qui a réparé cette bâtisse n'a, faut-il le préciser, jamais été payé, pas plus que les fournisseurs d'engrais, de légumes, de vêtements, d'épicerie, de vaches et de cochons. Là encore, le mode opératoire est rodé : quand tout menace de craquer, vous filez en automobile avec vos deux charmants enfants et recommencez la même vie ailleurs, achetant des châteaux, du bétail, et donnant de somptueuses réceptions. Le tout à crédit, évidemment.

« Dès la fin du mois d'octobre, des rumeurs commencèrent à courir dans la contrée sur les antécédents fâcheux de la noble dame. Bien légitimement, les fournisseurs s'inquiétèrent. Le 31 octobre, la marquise de Rola déclara avec la meilleure grâce du monde aux créanciers : “Nous allons nous rendre à Genève où je possède un compte en banque.” La marquise, les deux jeunes gens, le garagiste vendeur de la voiture de luxe, un autre garagiste, vendeur éventuel d'une autre voiture, s'en furent donc à Genève. Je passe à la cour les pathétiques tentatives de manipulation auxquelles se prêta Renée Saffroy : conciliabules avec un prétendu banquier, négociations dans un établissement de crédit en vue d'un prêt… Résultat : point d'argent. À défaut d'espèces sonnantes, le vendeur de la première voiture reprit son véhicule. Bon enfant, le second garagiste lui offrit une place dans la sienne, mais la châtelaine se fit descendre à Champagnol où elle disparut. Puis on retrouva sa trace à la gare d'Andelot à vingt-deux heures, où elle s'engouffra dans le rapide Vallorbe-Paris, sans passer au guichet, bien entendu. À Chamblay, ce fut la stupéfaction. Les vendeurs vinrent rechercher les objets vendus, le marchand de meubles, le parfumeur, le marchand de confections reprirent leurs biens. Les autres, le directeur de l'exploitation, le marchand de tabac et quelques braves gens, pleurent aujourd'hui la perte de leurs économies, la perte du fruit de leur labeur. C'est ainsi que les plaintes affluèrent au parquet de Dôle et qu'un mandat d'arrêt fut lancé. Mais, plutôt que de se rendre, elle choisit de s'entêter dans son invraisemblable fuite en avant.

« Le 9 novembre 1934, elle arriva avec ses deux enfants à Morestel, dans l'Isère, où elle descendit à l'hôtel de France. Dès le lendemain, la voilà dans l'étude de maître Lautrey. Sur ordre de la baronne d'Allard, propriétaire du château de Marestay, le notaire lui remet les clefs du domaine. Il est convenu qu'elle prendra possession du domaine en janvier suivant contre neuf cent cinquante francs. Mais une semaine plus tard, elle prend la fuite, faute de pouvoir régler son hôtel. Et la quête de châteaux à vendre se poursuit. Chaque jour, elle rend visite aux notaires de Lyon. Elle est ainsi en pourparlers pour deux domaines, l'un à Meximieux, dans l'Ain, l'autre, à Limonest, dans le Rhône. Elle les visite. Elle signe même deux gros chèques. Oh bien sûr, elle prévient qu'il ne faut pas les encaisser immédiatement : "Je n'ai pas de provision en ce moment. Toute ma fortune est dans mon coffre-fort à Constantine. C'est moi qui en ai la seule clé car il n'existe aucun double. Je dois y retourner pour dégager cet argent. Après, tout sera payé."

– Et je le redis ! Un jour prochain, tous ces braves gens seront dédommagés !

– Et ces capitaux que vous prétendez avoir à l'étranger, sont-ils disponibles du jour au lendemain ? demanda le procureur.

– Absolument !

– Alors que n'êtes-vous allée les chercher !

– Eh bien, je n'avais pas d'argent pour faire le voyage ! D'où mes tentatives pour organiser une exploitation agricole, affaire dans laquelle je me flatte d'être assez compétente.

– Et d'où vient cette petite fortune ? »

Maître Fayaud intervint avant elle :

« Ses ressources se trouvent constituées par les fonds que lui a laissés son amant, la succession du père, de la grand-mère et du premier mari de Mme de Rola.

– Le tout pour un montant de cinq cent mille francs, en effet. Mais à la vérité, ces sommes sont frappées de nombreuses oppositions, pour un montant excédant largement un million. Par ailleurs, si vous avez fait état de cet actif successoral auprès de certains notaires, à d'autres vous avez parlé d'un actif de trois millions, prétendument déposé dans une banque en Suisse. À vos victimes du Jura et de Dijon, vous avez fait état de plusieurs millions déposés dans un coffre en Égypte. Enfin, aux vendeurs du château de Morestel, vous disiez que votre fortune se trouvait à Constantine. Sans même avoir besoin de souligner ces contradictions, la réalité est que vous n'aviez pas le moindre sou disponible au moment où vous traitiez avec vos créanciers.

« Revenons aux derniers jours de liberté de l'accusée. Les plaintes continuent à affluer : une commerçante qui lui a prêté en plusieurs versements quelque huit mille francs sous divers prétextes, un grand hôtel de la place Bellecour victime de mille francs d'impayés… Le 19 novembre 1934, Renée Saffroy revient de Lyon en taxi, où elle a tenté d'acheter le château de Richemont. Elle n'a que trente centimes en poche. Le chauffeur réclame son dû. L'hôtelier de Chalamont, où elle a passé la nuit, fait de même. Cette fois, la marquise ne peut plus échapper à son sort. Les gendarmes, discrètement prévenus par l'hôtelier, cueillent la criminelle avant qu'elle ait pu fuir et mettent fin à ce périple fou, la conduisant à la prison de Lyon. »

Le président se tourna vers l'accusée : « Les faits ainsi établis, au fond, il ne subsiste qu'une question : d'où vient cette manie, non, cette obsession d'acheter des châteaux ? »

Renée, cette fois, ne répondit pas tout à trac. Laissant la question en suspens quelques instants, elle prit son air le plus mystérieux avant de répondre à demi-voix : « Tous les châteaux que j'ai achetés sont à moins de trente kilomètres d'une agglomération et disposés sur la carte de France suivant une certaine ligne… »

Les murmures se propageaient encore dans la salle quand midi sonna la suspension de séance.

Renée traversa la foule de curieux et répondit avec bonne humeur aux quolibets qui l'accompagnèrent tout au long de son chemin. Quand elle se retrouva seule avec son défenseur dans une petite salle du tribunal, elle se jeta sur un sandwich bien mérité. Elle leva enfin la tête et prit conscience du regard de son défenseur, où se lisait un mélange de fascination et d'inquiétude. *Le pauvre homme va nous claquer entre les doigts*, songea Renée, qui entreprit de le remotiver : « Allons cher Maître, ne prenez pas cet air de chien battu ! Je vous fais entièrement confiance pour la plaidoirie de cet après-midi, je sais que vous y mettrez toute votre fougue, toute votre véhémence, tout votre talent. Laissez parler vos tripes ! Démontrez que ce dossier n'est qu'une coquille vide ! »

À quatorze heures trente, la séance reprit. Le procureur de la République s'avança. « Je requiers une sanction exemplaire pour cette femme escroc, cette roturière qui voulait à tout prix particule et vie de château. Cette femme, qui n'a eu à cœur aujourd'hui que de faire rire son monde, a trompé, manipulé, trahi. Et elle ose se présenter à nous aujourd'hui telle une noble dame ! Pour un peu il faudrait la remercier d'être une grande bienfaitrice ! Aucun scrupule, nul remords n'agite l'âme de Renée Saffroy, dont le tour de France criminel se serait poursuivi *ad vitam aeternam* si la force publique n'y avait mis fin. La cour devra juger l'accusée en conséquence. » Puis, se tournant vers elle : « Vous êtes responsable. Vous êtes un escroc en jupon. Je demande une peine sévère avec le refus des circonstances atténuantes.

– Merci beaucoup ! répondit Renée.

– Maître Fayaud, vous avez la parole. »

Son avocat s'avança, sembla rassembler ses forces quelques secondes, puis se lança : « Je m'étonne de la violence du réquisitoire que la cour vient d'entendre. Au témoignage à charge retenu contre ma cliente, je voudrais opposer ce dont nul ici ne peut douter : l'esprit charitable de celle-ci. J'ai ici les déclarations des témoins de haute moralité : le maire de Villeneuve-Saint-Denis, qui atteste avoir reçu de la marquise une somme de cent mille francs pour sa commune, et l'œuvre de Pont-aux-Dames qui certifie les dons généreux qu'elle reçut quelques années plus tôt de Renée Saffroy. Pourquoi ne mériterait-elle pas quelque indulgence ? La marquise certes a commis quelques folies, mais elle n'est pas cette escroc que le procureur a dépeint. Les accusations des plaignants ne reposent sur aucun fait établi. Ragots de chauffeurs, mensonges de voleurs, médisances de femmes de chambre indélicates : voilà de quoi ce dossier est plein à craquer ! On reproche à ma cliente d'avoir voulu exploiter son entourage. Que ne devrait-elle pas dire ? Combien sont-ils à avoir profité de sa fortune ? Ma cliente était de bonne foi quand elle disait disposer d'un crédit qui lui permettrait de régler ses créanciers. Les oppositions qui frappent son actif ne sont pas fondées, elles sont le fruit de personnes mal intentionnées. La marquise de Rola de Rozycki est aujourd'hui sous la menace de certains sombres personnages, des aigrefins bien décidés à s'emparer du trésor avec lequel elle voulait payer ce qu'elle devait. C'est pourquoi nous demandons un complément d'information afin d'en faire la preuve. »

À dix-huit heures, l'audience fut suspendue. À dix-huit heures cinquante-cinq, le tribunal rentra en séance. Dans un silence total, le président lut l'arrêt : une longue série d'attendus qui sembla interminable à Renée.

« … Que la preuve de son insolvabilité au moment des faits est bien certaine. Qu'il n'y a donc pas lieu d'accueillir sa demande de complément d'information qui apparaît dès lors comme non pertinente. Que si des oppositions mal fondées frappent l'actif qui peut lui être dû, seule la juridiction civile peut statuer sur lesdites oppositions.

« Attendu qu'à raison de la multiplicité des faits qui lui sont reprochés, tant dans l'espace que dans le temps, ainsi que du passif de la prévenue, qui s'est déjà livrée maintes fois à ce genre d'escroqueries, il n'y a pas lieu de lui accorder les circonstances atténuantes. Par ces motifs, le tribunal la condamne à la peine de dix-huit mois d'emprisonnement et à celle de deux cents francs d'amende. »

Renée ne broncha pas. Napoléon avait survécu à l'exil ; elle survivrait à la prison. Mieux, elle en sortirait la tête aussi haute qu'elle y était entrée.

CHAPITRE IV

La prison

MARIA

Sous sa couverture rapiécée, Maria grelottait à en faire trembler les épais murs de la prison. Elle s'était couchée en même temps que le jour, à dix-sept heures. C'était la règle de la maison : été comme hiver, tout le monde au lit de la tombée de la nuit aux premières lueurs de l'aube. Dans les longs couloirs sans air, quelques becs de gaz brûlaient d'une lumière tremblotante, mais dans les cages à poules, c'était le noir complet. Autour d'elle, onze femmes toussaient, ronflaient, grognaient dans leur sommeil. Maria aurait aimé déplier son corps engourdi, faire quelques pas pour soulager ses articulations en compote, mais les couches étaient presque empilées les unes sur les autres, il n'y avait pas moyen de faire deux pas sans écraser une main ou buter sur un crâne.

Et cette odeur infecte, en plus des relents de moisi habituels… Trois jours qu'elles n'avaient pas pu faire de toilette : les ridicules cuvettes qui leur servaient de lavabos donnaient à peine quelques gouttes glaciales. Les conduites d'eau étaient à ce point gâtées qu'à tout instant, c'était toute la prison qui était privée non seulement d'eau potable mais même d'eau de Seine. Un vrai désert, la chaleur en moins. Combien de temps lui restait-il à tenir ici ? Elle avait fini par mettre la justice en rogne à force de récidiver. La peine était tombée, sèche et sans appel : quinze mois de prison et vingt ans d'interdiction de séjour dans le département de la Seine.

Maria savait bien qu'elle n'était pas la plus à plaindre : dans le quartier des nourrices, le coin des détenues qui avaient des enfants, le dortoir était tellement délabré que le plafond tombait en miettes. Le soir, on trouvait d'énormes rats tranquillement couchés dans les lits des gamins… La vision d'une bête monstrueuse rongeant la peau potelée d'un bébé la fit frémir.

Tiens, voilà que la petite Sophie se remettait à gémir dans son sommeil. Ça lui fendait le cœur, à Maria, de voir dépérir cette pauvre fille jetée ici sur un coup de sang de son paternel. Pour ce que son avis valait, certaines n'avaient rien à faire dans ce bouge. Les pourries contaminaient les saines, voilà la triste réalité.

Certaines crevaient à petit feu d'être enfermées comme des bêtes. Le bruit sourd des têtes qui se cognaient contre les murs, les hurlements qui venaient du tréfonds des entrailles, les pas précipités des religieuses faisaient partie des sons familiers dans la vieille geôle.

Maria les comprenait, ces malheureuses qui n'avaient pas le moindre coin d'horizon en vue. Dehors ou dedans, c'était kif-kif, elles portaient les mêmes chaînes. Sans famille, sans le sou, sans aucune chance de trouver un travail ou de se marier, elles n'espéraient plus rien, sauf que ça passe.

Ses pensées ronronnaient quand un bruit inhabituel lui fit tendre l'oreille. Maria se mit immédiatement sur ses gardes.

« Psst ! »

Impossible de savoir d'où venait l'interpellation, ni à qui elle s'adressait. Maria ne bougea pas d'une oreille, cessant même de respirer quelques instants.

La nuit, tout pouvait arriver. Un regard de travers dans la journée, un grognement nocturne un peu trop sonore… n'importe quel petit rien pouvait mettre le feu aux poudres. Les religieuses avaient beau rappliquer, elles ne pesaient pas lourd face à des tigresses enragées.

Il fallait bien qu'elle trouve à s'exprimer, toute la frustration accumulée la journée à l'atelier où l'on passait des heures à coudre, tisser, rapiécer dans un silence de mort… Le travail à Saint-Lazare n'était ni un réconfort ni un oubli, juste une besogne qui mettait les nerfs à vif. Avant, Maria n'était pas la dernière à participer à la castagne. Maintenant, elle se tenait loin du rififi. Mais que personne ne s'avise de la chercher : du haut de ses soixante-dix hivers, elle savait encore se faire respecter. Quand on avait frayé avec tout ce que Montmartre comptait de canailles, on ne baissait pas les yeux face à quelques gigolettes qui jouaient les fortes têtes. Et puis ce n'était pas son premier séjour à l'ombre, elle avait eu le temps de rouler sa bosse. Mais il fallait bien avouer que chacun était pire que le précédent.

Son ventre fit un épouvantable gargouillis. Avant, elle n'avait aucun mal à se dégotter une pomme, du tabac, parfois même du chocolat… À Saint-Lazare, c'était comme dehors : le nerf de la guerre, c'était la thune. Maria rendait des petits services qui rapportaient peu mais pouvaient coûter gros. Sa spécialité, c'était de monnayer des infos. Elle n'avait pas son pareil pour laisser traîner ses oreilles sans avoir l'air d'y toucher… Mieux valait ne pas se faire prendre, sinon les sœurs faisaient pleuvoir les punitions : pas de promenade, pas de repas ou, la pire des crasses qu'on pouvait vous faire subir ici, le cachot. Là, c'était le tombeau, il fallait s'accrocher pour ne pas devenir brindezingue. Maria ne pouvait plus se permettre de prendre le risque d'y retourner, sous peine d'en sortir les pieds devant…

Elle fermait parfois les yeux et se transportait dans sa caverne d'Ali Baba. Il fallait avouer qu'elle ne l'avait pas volé, son surnom de Reine des fourgues. On régnait sur ce qu'on pouvait, avant, c'était sur les music-halls… Mais rien ne servait de remuer le passé. Maria essaya d'imaginer ce qu'aurait pu être une autre vie. Où serait-elle aujourd'hui si…

Elle sentit soudain une main saisir sa cheville gonflée. Elle essaya de se dégager, donnant des coups de talon à l'aveugle.

« C'est moi, andouille ! » Maria reconnut enfin la voix chuchotante de Gaby, une robuste matrone qui l'avait prise de force sous son aile.

« Qu'est-c't'as donc à geindre et gigoter de la sorte ? Tu vas finir par te prendre une torgnole ! Dors et boucle-la. »

Elle mit quelques secondes à comprendre qu'elle avait dû sombrer dans une sorte de sommeil halluciné. Depuis combien de temps n'avait-elle pas dormi à poings fermés ? Même la nuit ne lui apportait plus l'oubli.

*

Maria savait ce qu'écrivaient les gratte-papiers depuis des années : Saint-Lazare ? Une honte pour Paris, une honte pour le pays ! Un cloaque qui puait le vice, une boîte à agonies, un cimetière pour vivantes… Ah, ils étaient horrifiés, ceux qui étaient autorisés à venir voir comment on vivait derrière les barreaux de Saint-Lago ! Comment pouvait-on abandonner à un sort si misérable des malheureuses ? Songez, qu'ils disaient, certaines n'ont pas encore été jugées, peut-être bien qu'elles sont innocentes ! Derrière leur machine à écrire, bien au chaud dans les beaux quartiers, ils faisaient couler l'encre, ils tiraient des larmes au bourgeois, mais pour quel résultat ? Un siècle qu'on parlait de démolir Saint-Lazare, et la vieille geôle était toujours debout, bien solide sur ses appuis. Pour du sursis, c'était du sursis…

Derrière la façade crasseuse, le faubourg Saint-Denis menait sa petite vie sans se préoccuper de ce qui se passait à l'ombre des grandes murailles. Et ça faisait un bout de temps que ça durait. Au Moyen Âge, les lazaristes entassaient là les lépreux, puis les curés de

Saint-Vincent-de-Paul s'étaient mis en tête d'en faire une prison pour les fils de famille. Même les rupins avaient leurs mauvaises herbes, qu'il fallait bien les remettre dans le droit chemin.

Sous la Terreur, Maria n'aurait pas souffert longtemps de la raideur qui lui vrillait la nuque au réveil : à l'époque on ne gardait pas bien longtemps la tête sur les épaules. Cent soixante-cinq exécutions en trois mois, ici même, dans la taule, pour se débarrasser des détenus vite fait bien fait. On avait appelé ça la conspiration des prisons. Après, ce sont les femmes qu'on avait décidé de flanquer à Saint-Lago. Un tas de célébrités étaient passées par là. Enfin pas dans sa cellule, non, les détenues connues pouvaient se payer le grand luxe : un séjour au quartier de la Pistole. Tout le confort d'un garni étoilé. Louise Michel aurait même réussi à y écrire ses Mémoires…

Pour les vulgaires condamnées comme Maria, c'était directement dans la cage à poules. Il y avait de quoi avoir des cafards dans le ciboulot : pas de parloir, pas de colis de l'extérieur, et pour le courrier, c'était la grande loterie : on n'était jamais sûr qu'il arriverait à son destinataire, encore moins qu'on recevrait celui qu'on nous envoyait. Maria pensait parfois à Julia. Son avocat s'était renseigné : aux dernières nouvelles, son amie n'habitait plus rue Fontaine.

Pendant ses nuits sans repos, Maria imaginait sa vie à l'air libre, loin de ce taudis empesté. Oh elle ne rêvait pas grand, tout ce qu'elle voulait, c'était retrouver sa boutique, s'allonger sur son lit au milieu des défroques et des robes de soirée et attendre tranquillement que le repos éternel s'empare d'elle. Lui en donnerait-on le temps ? Elle se bilait de plus en plus à mesure que les semaines passaient.

« Vous obtiendrez sans doute l'autorisation de continuer à résider à Paris le temps de régler vos affaires et de solder votre boutique, lui avait dit son avocat. Ensuite, vous devrez vous faire oublier, loin d'ici. » Dehors, Maria n'avait rien ni personne. Ses jambes ne la porteraient bientôt plus. Où donc était-elle censée aller ? Se cacher pour mourir, plutôt crever.

Mais mieux valait ne pas penser trop loin… Demain, arrimée au solide bras de Gaby, elle ferait quelques pas dans la minuscule cour où les femmes tournaient comme des juments de manège. Avant de retrouver le béton de sa cellule, elle ferait courir ses doigts sur le tronc de l'arbre qui lui servait de compagnon immobile pendant la promenade. Ce n'était pas une amoureuse de la nature, mais ça lui mettait un peu de baume au cœur.

Marthe

Le chemin s'arrêtait là. À quarante-neuf ans, elle avait trop vécu, déjà. Son monde était peuplé d'absents, amis et collaborateurs de la première heure, hommes et femmes qu'elle avait aimés ou qui l'avaient courtisée du temps de sa grandeur…

Josèphe était retournée au tranquille confort de la bourgeoisie bien-pensante.

Pierre avait disparu, la privant à jamais de la possibilité de se justifier.

Et puis Lazare, son compagnon de toujours, son autre moi. Rongé par le diabète, miné par l'acharnement judiciaire, il avait peu à peu perdu vie sans qu'elle puisse rien faire. La nouvelle de sa mort avait fait à Marthe l'effet d'une amputation. Une douleur physique, animale, à laquelle avait succédé le sentiment d'un vide qui menaçait parfois de l'engloutir.

Il ne restait plus qu'Alfred, le dernier des fidèles, à qui elle devait tant.

Quant à l'argent, le dieu Argent, en qui elle avait cru si ardemment, il la dégoûtait aujourd'hui jusqu'à la nausée. Elle s'était imaginée perpétuelle gagnante d'un casino géant, victorieuse insurgée contre un système qu'elle récusait. Et voilà que non seulement elle était ruinée mais que ses illusions s'étaient fracassées contre le mur des puissants.

Fracassé, son corps aussi. Sur une route de banlieue, Camille son chauffeur avait perdu le contrôle de la limousine qui la reconduisait chez elle. Le chaos, la douleur, l'image de Lazare, celle d'Alfred et puis plus rien. Là, quand tout était devenu noir, le mot « fin » avait surgi, et Marthe n'avait ressenti qu'un grand calme.

Elle s'était réveillée à l'hôpital opérée des deux jambes, et on lui avait fait comprendre qu'elle ne marcherait sans doute jamais plus. Abattu mais pas vaincu, maître Dominique avait fait appel à la star des chirurgiens, le docteur Henri Mondor. Grand médecin d'à peine un mètre cinquante – on disait qu'il opérait assis sur un haut tabouret –, un physique ingrat mais une réputation de séducteur, fin lettré et écrivain à ses heures, ce drôle de petit bonhomme, qui pourtant n'avait *a priori* pas beaucoup d'estime pour elle, avait immédiatement été subjugué par Marthe. Il l'avait réopérée et passait la voir plusieurs fois par jour dans sa chambre où ils s'entretenaient de leurs poètes préférés, de l'histoire de la médecine, des progrès de la science et de mille autres sujets qu'ils se trouvaient en commun. Des moments de partage amicaux qui réchauffaient le cœur de Marthe.

Les mois qui suivirent l'accident, alors qu'elle marchait toujours avec des béquilles et luttait contre la douleur à coups de fortes doses de médicaments, elle avait recommencé à travailler douze heures par jour. Elle créa *Le Secret des dieux*, lettre confidentielle dont les abonnés recevaient les pronostics de « ceux qui savent » et qu'elle alimentait grâce à un appel quotidien dont nul ne connaissait l'origine. *Via* son journal *Forces*, elle continuait de s'en prendre aux grandes banques et fit quelques coups d'éclat qui la remirent sous le feu des projecteurs – et dans le viseur de ses détracteurs. Aux élections législatives du printemps 1932, maître Dominique se présenta à Joigny contre Pierre-Étienne Flandin, qui n'était autre que le ministre des Finances. Or depuis décembre, Marthe détenait un rapport de police, adressé à Flandin, qui laissait supposer qu'elle était à la solde des milieux bancaires allemands et soviétiques, qui commanditaient ses attaques contre le système bancaire français. De ce rapport, censé être unique et enfermé à double tour dans le bureau du ministre, il existait en réalité quinze copies, dont celle transmise à Marthe grâce à des amitiés de Dominique au sein de la Préfecture de police. Furieuse, elle organisa la riposte et publia des extraits de ce rapport dans *Forces*, qu'elle assortit de commentaires mordants sur Flandin, « le ministre le plus mal renseigné de la création ». Elle arrosa la circonscription de Joigny de quinze mille exemplaires de son journal.

Plus que jamais, elle devint la femme à abattre. Le 8 avril 1932, elle fut inculpée de vol et recel de documents et Lazare, qui n'avait rien à voir avec l'affaire, de complicité. « Par habitude, sans doute », avait ironisé son avocat. Elle fut écrouée à Saint Lazare où sœur Léonide l'accueillit au seuil de l'infirmerie.

L'accusation de vol de documents ne tenait pas ? On trouverait autre chose ! Sous la pression du gouvernement, sur la base d'un article du Code pénal tombé en désuétude, on l'inculpa de « manœuvres de baisse à la Bourse de nature à porter préjudice à l'épargne publique ».

Une longue instruction s'engagea pendant laquelle elle resta enfermée à Saint-Lazare, privée de la visite de Dominique et de Mondor à qui on refusait l'accès à l'infirmerie. La solitude la dévorait.

Une nuit froide d'octobre, elle se délivra de son sort. À l'aide d'un presse-papier caché dans son corsage, elle brisa son plâtre et, de toute sa rage, pesa sur sa jambe malade. Coliques de douleur, craquements d'os, cris de bête. Mais elle avait gagné : à la clinique de Neuilly où elle fut transportée, elle retrouva enfin ses amis.

De nouveau libre, Marthe reprit la lutte. Sans relâche, dans la douleur toujours et le découragement parfois. Elle dénonça la montée du nazisme, engageant *Forces* dans une virulente campagne contre Hitler.

On lui présenta le séduisant Sacha Stavisky, mondain et ami des puissants, qui lui proposa d'investir dans des bons du mont-de-piété de Bayonne. Flairant l'escroc et comprenant rapidement l'entourloupe, Marthe déclina et dénonça la supercherie dans *Le Secret des dieux*.

Mais *Forces* peinait à décoller, le deuxième versement du concordat approchait et l'argent, autrefois abondant, se tarissait. Il arrivait de plus en plus souvent qu'elle ne puisse pas payer ses collaborateurs et ses fournisseurs, et les gages de Catherine et François restaient parfois dus pendant des semaines.

En juin 1934, son procès en appel porta sa peine de prison à trois ans au lieu de deux. Maître Dominique demanda immédiatement le pourvoi en cassation et elle resta donc momentanément libre. Mais au fond, l'espoir l'avait quittée. Elle se savait en sursis.

Le 22 février 1935, le pourvoi fut rejeté. Son monde s'écroulait. Retour en prison. Cette fois ce fut Fresnes, où sa réputation la précédait : grève de la faim, évasion, jambe cassée volontairement… Au vu de ces exploits, on jugea préférable de la placer sous haute surveillance. Elle atterrit donc dans une sorte d'annexe de l'infirmerie où cohabitaient une demi-douzaine de détenues. Marthe y fit son trou comme elle savait si bien le faire. À ces femmes malmenées par la vie, elle, la riche banquière, sut inspirer une sympathie spontanée, transcendant les classes sociales et offrant le rêve d'un « après » meilleur que ce qu'elles avaient connu jusque-là. Elle se lia d'amitié avec Ida, une immigrée russe, danseuse de cabaret, qui s'était instituée sa secrétaire particulière, portant son lourd cartable chaque fois qu'elle se rendait au parloir et lui rendant de menus services dès qu'elle le pouvait. Le soir, Ida chantait pour la chambrée et on reprenait en chœur ses chansons tziganes. Marthe se laissait aller à la chaleur de ces moments, mais les larmes finissaient par se mêler aux rires, cruel souvenir des jours heureux, des fantômes chéris, de celle que l'on a été et qu'on ne sera jamais plus. Début juillet, elle apprit qu'André Citroën, compagnon du baccara de Deauville et des folles soirées parisiennes, était mort, dépossédé du groupe qu'il avait créé, malade, vaincu, ruiné. Marthe ne put s'empêcher de penser qu'il lui ouvrait la voie.

Le 13 juillet, Ida s'empara du cartable de Marthe et lui tendit ses deux cannes. Ida était particulièrement gaie, demain c'était la fête nationale mais, surtout, c'était la fin de son séjour à Fresnes. Libre comme l'air ! Elle s'enivrait de cette idée. Elle chantonna tout le long du trajet en escortant Marthe jusqu'au parloir où maître Dominique, souriant, l'attendait une rose à la main.

« Ma chère Marthe ! Toujours aussi élégante, quoique bien pâlotte je trouve. Allons, réjouissez-vous, les nouvelles sont bonnes : je vous annonce que vous sortirez le 30 juillet, c'est réglé. Dans dix-sept jours. Vous entendez, mon amie ? Plus que dix-sept jours et jamais plus. Plus de Fresnes, plus de prison, plus de procès. Un nouveau départ, une nouvelle vie. »

Marthe sourit et la tendresse qu'elle éprouvait pour Alfred lui serra la gorge. Maître Dominique parlait mais elle n'entendait que deux mots : « jamais plus ».

À la fin de leur entrevue, elle lui tendit une grosse enveloppe. « C'est pour vous Alfred, c'est personnel, mais ne lisez pas avant quelques jours. Merci, merci pour tout. À bientôt. » Elle se leva, rétablit son équilibre sur ses deux cannes et quitta la pièce. Sur le seuil, au moment de retrouver le monde des captives, elle ne put s'empêcher de se retourner, croisant une dernière fois le regard de son ami plein de foi en l'avenir.

« De mauvaises nouvelles, madame Hanau ? demanda Ida un peu plus tard.

– Non Ida, au contraire tout va bien, je pars bientôt.

– Alors on va chanter ce soir pour fêter ça. La vie est belle !

– Oui c'est vrai, je crois que j'ai eu une belle vie. »

*

Le tube de Véronal gisait vide sur la table de chevet. Marthe, étendue sur le lit, les yeux roulants comme deux billes folles, tournoyait dans les bras de Pierre qui lui chuchotait des mots tendres. Près d'eux Lazare et Josèphe avaient entamé une valse à quatre temps qu'Alfred applaudissait en riant de son rire tonitruant. Derrière le piano, son père avait l'air espiègle de son enfance, tandis qu'accoudée à l'instrument, sœur Léonide posait sur elle ses yeux bienveillants. Et puis elle s'aperçut que les autres, les compagnons d'un bout de route, les amis, les amants, tous étaient là, les yeux brillants de joie. Oui, la vie était belle.

Renée

Toute de noir vêtue, Renée crochète le verrou de sa cellule et se meut telle une ombre dans le couloir désert. Elle répète la même opération sur une deuxième porte, puis sur une troisième. L'une des détenues employées comme couturière lui a confectionné la tenue idéale, robe noire, chapeau de velours noir, voile de dentelle sombre, tandis qu'une autre lui a fabriqué un crochet de fortune à l'aide de trois aiguilles et d'un fil de fer. La voilà à l'infirmerie. Son pas est à la fois décidé et léger. Elle s'est fondue dans son personnage : l'une de ces dames au cœur charitable qui viennent visiter les détenues, toutes semblables, discrètes et respectueuses des conventions établies, silhouettes familières et presque invisibles. Renée gagne le guichet de l'infirmerie, dont la porte qui donne sur la cour lui est aimablement ouverte par la gardienne elle-même. La dernière porte est là, tout proche, massive, la rumeur de la rue de la Roquette s'amplifie à chaque pas, plus que quelques mètres et elle sera délivrée, elle regarde droit dans les yeux le gardien qui tient la clé de sa liberté, il lui adresse un petit signe de tête et s'apprête à…

Renée fit soudain un bond. Satanée cloche, toujours à la ramener à la sotte réalité ! Une nouvelle journée commençait à la Petite Roquette. Elle grimaça en pensant à ce qui l'attendait : la gamelle du matin, une bouillie sans goût qu'accompagnait un bout de pain sec. Dieu que les réveils à La Guette lui manquaient ! Elle se rappelait le café noir fumant, les œufs brouillés crémeux, l'odeur de sommeil de ses enfants quand ils venaient se pendre à son cou comme deux singes fous…

Des scénarios où elle se faisait la belle, elle en avait imaginé des dizaines, réalistes ou spectaculaires, rocambolesques ou farfelus. Renée avait toujours aimé les récits d'évasion. Elle admirait les trésors d'ingéniosité déployés par le prisonnier déterminé à s'évader, la méticulosité des préparatifs, la patience triomphante… Nul découragement chez celui qui ne peut compter que sur lui-même pour échapper à son sort !

Mais son imagination butait sur ce constat qui la faisait enrager : à moins d'avoir un pouvoir de superhéros, il ne fallait compter que sur un concours de circonstances extraordinaire pour avoir une chance de s'échapper de ce trou à rats. La surveillance à la Petite Roquette était particulièrement étroite. À l'atelier, au réfectoire, dans les dortoirs, pendant la promenade, plusieurs religieuses gardaient en permanence un œil vigilant sur leurs ouailles. De larges chemins de ronde isolaient les différents quartiers de la prison. Les murs d'enceinte donnaient le tournis. Les échelles étaient enchaînées. Les ouvriers et les fournisseurs qui pénétraient dans la prison voyaient leurs noms inscrits sur un registre, ainsi que leurs heures d'entrée et de sortie. On ne pouvait guère quitter la prison que bêtement, à pied, par la porte dont un gardien rébarbatif gardait les énormes clés.

Pendant quelques semaines, la préparation de son deuxième procès l'avait distraite de ses rêves d'évasion. Le frère du marquis, Félix de Rozycki, avait déposé une plainte contre elle pour « séquestration arbitraire, vol, extorsion de fonds et de signatures ». Les grands mots ! Elle avait arraché un vieillard à son hospice, elle lui avait fait vivre la vie de château, et maintenant on la traînait au tribunal comme une criminelle sans cœur !

Pour en découdre, elle avait choisi le meilleur des défenseurs : maître Gautrat, le champion des affaires financières. Bien connu des prétoires, il dégainait les bons mots qui tordaient la salle de rire et finissaient imprimés dans les gazettes du lendemain. « La République couche dans le lit de Napoléon et elle n'a même pas changé les draps ! » Ah ça, il avait le sens de la formule ! Elle avait remis son sort entre les mains de ce travailleur qui connaissait ses dossiers sur le bout des doigts, se délectant de chacune de ses visites qu'elle s'employait à rendre les plus longues possible. Renée devait bien avouer qu'il était servi par son physique d'aristocrate… Et sa voix grave et lente… Cet homme-là aurait pu être acteur de cinéma, mais par chance il était avocat, *son* avocat. À l'audience, il s'était montré à la hauteur de sa réputation. Il n'avait cessé de décocher des flèches à ce Félix de Rozycki qui jouait la comédie du frère éploré. Sa plaidoirie finale, pleine de sève, de force et d'esprit, l'avait enchantée. Le verdict, nettement moins : Renée avait écopé de six mois de prison et, presque pire encore, Rozycki avait obtenu le franc de dommages et intérêts qu'il avait réclamé.

Maintenant que le procès était terminé, Renée trouvait le temps long. La Petite Roquette, une prison modèle ? Qu'on lui permette de s'étouffer de rire ! Ce n'étaient pas les trois coups de pioche et les deux coups de pinceaux qu'on lui avait mis quelques années plus tôt qui avaient rendu l'ancienne prison des gosses fréquentable. La douche était glaciale. La tenue était la même pour toutes et la coquetterie, rigoureusement bannie. Et pour le chauffage, on repasserait.

Renée brûlait d'envie d'amener là une équipe de chômeurs avec la consigne d'abattre les murs pourris et de jeter sur le terrain des hectolitres de désinfectant pour que cette odeur de crasse disparaisse.

Il était hors de question qu'elle participe une seule fois à la corvée de latrines, Renée avait été claire, et ses compagnes d'infortune n'avaient pas discuté, semblant tenir ce fait pour acquis. C'était qu'elle avait réussi, dans cette petite société close, à se faire tout naturellement accepter comme la marquise qu'elle n'était pourtant plus. Autour d'elle gravitait un cercle de détenues fascinées par ses exploits, impressionnées par son assurance, attendries par sa fantaisie.

Inutile de préciser que lorsqu'elles avaient appris qu'elle n'était autre que la demi-sœur de Germaine d'Anglemont, libérée de la Petite Roquette quelques semaines seulement avant son arrivée, leur curiosité à son égard avait été décuplée. C'était peu dire que la bougresse avait marqué les esprits. Germaine par-ci,

Germaine par-là… Et ses yeux magnifiques, et son allure de reine, et ses gentilles manières… Quand on connaissait la vraie nature de la bête, pestait intérieurement Renée, on se disait qu'elle aurait dû sérieusement songer à une carrière sur les planches.

Pendant sa détention, la douce Germaine s'était occupée de la bibliothèque de la prison… Bah voyons ! Germaine, bibliothécaire ! Il n'y avait qu'à voir la qualité du roman-feuilleton dans lequel elle avait pêché sa particule pour comprendre combien elle aimait les livres ! Elle était bien contente de ne pas avoir eu à croiser ici cette demi-sœur qu'elle n'avait jamais pu accepter, cette bâtarde qui avait voulu lui voler l'affection de son père.

Renée était alle y faire un tour, dans cette fameuse bibliothèque : des ouvrages religieux et des romans de gare, voilà tout ce que les pensionnaires de la prison avaient à se mettre sous la dent.

Pour faire passer le temps, Renée avait décidé de tenir salon à la manière de Mme de Sévigné. Entre deux séances de travail à l'atelier, elle rassemblait les détenues par petits groupes, selon leurs affinités, et alors on papotait en chuchotant des potins, de la mode, du dernier spectacle de Paris ou, pour les plus instruites, des problèmes du monde et de la politique.

Renée passait d'un groupe à l'autre telle une maîtresse de cérémonie soucieuse de ses invités.

« Mesdames, avez-vous entendu parler de la victoire du Front populaire ce mois-ci ?

– Paraît qu'on va bientôt pouvoir partir en vacances en étant payées !

– Nous aussi ?

– Ben non idiote, nous on est prisonnières, pas travailleuses honnêtes.

– Moi, c'est décidé, quand je sors je me mets au boulot !

– Et dans quoi tu comptes faire carrière ?

– Dans la banque, tiens !

– Et moi j'veux faire reine d'Angleterre ! »

Renée, consternée par la tournure que prenait la conversation, intervint pour relever le niveau :

« Saviez-vous justement, Mesdames, que le roi Édouard VIII allait abdiquer pour pouvoir épouser Wallis Simpson, une actrice américaine divorcée ?

– Il est sacrément beau gosse cet Édouard-là, je l'ai vu une fois dans le journal !

– On n'a pas idée quand même. Renoncer à être roi, c'est le comble… Si j'étais reine, il serait pas né celui qui arriverait à me pousser du trône !

– Z'avez entendu ce que sœur Jeanne a dit à propos des nouvelles réformes ? On aura ptet bientôt droit à une heure supplémentaire de promenade par semaine…

– Chouette, on va pouvoir profiter encore plus de la vue sur les murs gris !

– Ça, c'est du progrès ! Chuis d'avis qu'on réclame des parasols pour la terrasse !

– Et des petits biscuits pour aller avec le thé !

– Et…

– Mesdames, un peu de tenue, je vous prie ! » gronda Renée tandis que les femmes s'esclaffaient en chœur.

En réalité, ce qui occupait l'esprit de Renée depuis quelque temps déjà, c'était sa reconversion. Elle allait sortir de prison sans le sou et devait se faire oublier pendant un moment. Il lui fallait à tout prix une bonne idée. Mais laquelle ? Elle y pensait jour et nuit et avait même fait l'acquisition d'un petit carnet dans lequel elle notait toutes ses idées, même les plus farfelues. Avec méthode, elle se documentait, s'appliquait à peser le pour et le contre, échafaudait des scénarios.

Un temps, elle caressa l'idée d'embrasser la carrière d'inventeur. Son grand-père y avait fait fortune et on lui avait souvent dit qu'elle lui ressemblait. La génétique était favorable. Il ne restait plus qu'à savoir quoi inventer… Elle se mit à faire des listes. Mais, malgré son imagination foisonnante, ni le couteau à deux lames, ni la fourchette pliante, encore moins le tire-bouchon à cidre ne lui parurent être des investissements rapidement rentables. Elle se tourna vers la lecture de la presse dont elle avait remarqué qu'elle était pourvoyeuse d'idées originales. Elle monta une petite combine avec l'une des gardiennes et obtint de se procurer régulièrement quelques journaux. D'ailleurs, la discussion de cet après-midi sur les nouvelles du monde avait aiguisé son imagination. Épouser un Lord anglais, pourquoi pas ? Édouard VIII était déjà pris mais elle pouvait se rabattre sur un candidat moins prestigieux. Elle compulsa fiévreusement la presse à la recherche d'informations sur l'aristocratie britannique. L'Angleterre regorgeait de bons partis ! Mais à la réflexion, le problème lui apparut qu'elle ne parlait pas un mot d'anglais. Et ce climat pluvieux ne l'enchantait pas non plus. Non, une destination ensoleillée était plus appropriée. Elle écarta rapidement l'Espagne en pleine guerre civile, même si elle se savait capable de tirer son épingle du jeu d'une situation de chaos. Finalement et tout compte fait, l'Italie lui parut tout à fait indiquée. D'autant qu'elle baragouinait quelques mots d'italien appris à la faveur d'une courte relation commercialo-sentimentale avec un riche industriel milanais. Renée passa quelques jours à soupeser, contempler, polir cette idée comme une pierre précieuse. Elle aimait ces moments où elle était à la croisée des possibles. Le futur était une page vierge qu'elle avait soif d'écrire. Oui, ce serait l'Italie. L'avenir était radieux !

Épilogue

Maria

Quand elle est libérée de prison, en 1928, Maria a soixante-dix ans.

Libérée, mais pas libre : elle est toujours sous le coup d'une interdiction de séjour dans le département de la Seine de vingt ans. Alors, dans un courrier adressé au ministre de l'Intérieur, « Madame Vincent, dite Darcy », précise-t-elle, plaide désespérément sa cause : « Vous avez bien voulu m'accorder un délai de quinze jours qui expire le 6 novembre pour me permettre de régler mes affaires. Or je suis âgée de soixante-dix ans et je ne vois guère comment je pourrais trouver à m'employer. Tout le fruit de mon travail est dans mon commerce que j'exerçais depuis vingt ans, et il me faut pour assurer mes dernières années réaliser dans les meilleures conditions possibles mon magasin [*sic*]. Celui-ci étant resté fermé durant toute ma détention, il ne m'est matériellement pas possible d'arriver à une solution satisfaisante en un délai aussi court.

Voilà pourquoi, Monsieur le ministre, je viens faire appel à vos sentiments d'humanité, et vous demander un délai de trois mois. Je n'ignore pas que mes condamnations ne militent guère en ma faveur, mais je vous supplie de ne pas faire preuve en la circonstance d'une excessive rigueur qui serait pour moi un véritable arrêt de mort en m'enlevant tous moyens de subsister dans ma vieillesse. Dans l'espoir que vous voudrez bien accueillir favorablement ma requête, je vous prie d'agréer, Monsieur le ministre, l'assurance de mon profond respect. »

Visiblement, son courrier fait mouche. De 1928 à 1931, des autorisations de séjour lui sont régulièrement accordées, d'abord pour un mois, puis trois. Mais, mystérieusement, cette reconduction tacite prend brusquement fin en septembre 1931. Son avocat tente d'infléchir l'administration, arguant de l'état de santé déplorable de sa cliente : « Annette Vincent a été condamnée par arrêt de la cour de Paris en date du 2 novembre 1927 à quinze mois de prison et vingt ans d'interdiction de séjour. Jusque dans le courant du mois dernier, elle a obtenu l'autorisation de continuer à résider à Paris. Cette autorisation vient de lui être retirée. Née à Vesoul, elle est âgée de près de soixante-quinze ans. En outre, elle est très gravement malade étant atteinte d'une ulcération trophique à la jambe gauche d'origine circulatoire et le membre inférieur droit portant lui-même diverses légions avec une arthrite rhumatismale au genou. Elle est dans l'impossibilité absolue de se déplacer et elle doit demeurer étendue toute la journée. Un traitement délicat et prolongé est nécessaire et des soins constants lui sont donnés par le docteur Levère de Paris, pour éviter une aggravation des affections dont elle est atteinte. C'est dans ces conditions qu'étant donné son grand âge et son état de santé, particulièrement précaire, Mademoiselle Vincent a l'honneur de solliciter de votre haute bienveillance un permis provisoire de séjour. »

La réponse du contrôleur général, le 19 septembre 1931, est sans appel : « Il a été accordé à la pétitionnaire, pendant un certain temps et dans un intérêt de sûreté générale, des autorisations lui permettant de séjourner dans le département de la Seine, mais actuellement rien ne justifierait la continuation de ces dispositions exceptionnelles, je ne puis qu'émettre un avis défavorable à la pétition de l'intéressé. »

L'avocat réitère plusieurs fois ses demandes, mais se heurte à un mur : « En raison des renseignements défavorables recueillis sur la nommée Vincent, et en l'absence de tout fait nouveau, il n'a pas été possible de revenir sur la décision prise à son égard. »

Sa trace se perd avec ce dernier courrier. Au crépuscule de sa vie, Maria Darcy est redevenue Annette Vincent, fille de manouvriers née dans la misère et retournée à la misère. Nul ne sait où elle a poussé son dernier souffle.

Marthe

Le 14 juillet 1935, Marthe ne se leva pas. Quand les religieuses la trouvèrent, la main qui pendait de son lit était froide. À son chevet, le verre d'eau, un tube de Véronal vide et le manuel d'Épictète.

Transportée dans une chambre isolée de l'infirmerie, soumise à plusieurs lavages d'estomac, elle ne reprit pas conscience. Pendant trois jours, elle agonisa. Le 17 juillet 1935, elle cessa de souffrir.

Maître Dominique reçut la lettre d'adieu de Marthe[1] : « Prison de Fresnes, le 13 juillet 1935. Hier soir, me sont parvenues, par maître Michard [un confrère de maître Dominique], les nouvelles. J'ai souri, parce qu'il me semble que par sa malignité, le Destin veuille à nouveau me retenir à la vie pour la lutte qui reprend. [...]

« Le seul engin moderne, efficace, c'est l'argent ; le seul moyen de vaincre dans un monde corrompu, c'est cet argent, cependant déjà mi-écroulé, mais vivant encore. Ma faiblesse fut et reste mon désarmement, parce que je n'ai pas su conserver ce seul engin moderne, efficace : l'argent, l'argent, l'argent. Et j'ai la nausée de l'argent, de cet argent qui m'écrasa. [...]

« Voilà de longs mois que c'était fini pour moi. Fini. Un peu plus tôt, un peu plus tard, un peu plus ou un peu moins mal, mais FINI, FINI, FINI.

« J'applique donc ma décision et c'est une délivrance, et je jouis aujourd'hui d'une paix absolue, la paix des renoncements, la paix que j'ai connue physiquement le 27e jour de ma grève de la faim. Je me libère, comprenez-vous ? Je réussis la totale évasion. Je ne souffrirai plus de rien, je ne souffrirai plus jamais. Adieu donc. Je vous

1. Tel que son contenu est rapporté par Dominique Desanti.

dirai adieu sans que vous le compreniez. Je rejette cette vie. J'ai trop souffert de la contradiction entre mon âme et mon destin, dans cette odieuse salle de prison, où les blessures de ma sensibilité se creusent chaque jour plus profondément, et dont le spectacle me sera donné pour finir en laideur. [...]

« Je veux que mon corps soit incinéré par des mains mercenaires et les cendres, jetées aux quatre vents. »

Personnage flamboyant au destin tragique, Marthe, qui enflamma tant les esprits en son temps, disparut des mémoires.

Son dernier ami, maître Dominique, mourut en 1943, endetté et ruiné. Il vivait avec sa femme dans un petit appartement de Montmartre. Mme Dominique appela le médecin de service qui vint au chevet du mourant. Après son départ, elle trouva son secrétaire fracturé : le médecin avait emporté les derniers sous de la veuve. Il se nommait Marcel Petiot et devait être condamné à mort après la guerre pour avoir tué et fait brûler dans son hôtel particulier transformé en camp d'extermination des Juifs auxquels il promettait de faire passer la frontière, et dont il gardait les biens, qu'il partageait avec des agents de la Gestapo.

Renée

Avec Renée, jusqu'au bout, la réalité dépasse largement la fiction. Mystificatrice née, elle n'aura eu de cesse de s'inventer une vie, ou plutôt des vies, dupant, manipulant, brouillant les pistes, pliant le réel à sa volonté.

En reconstituant le gigantesque puzzle que fut son existence, je n'ai cessé d'aller de surprise en surprise… Et la dernière fut de taille. Une note confidentielle de la Sûreté nationale localise Renée en 1939. Elle est à Trieste, en Italie. Les spécialistes du renseignement la surveillent de près. Et ils ne cachent pas le mépris que leur inspire cette femme hors norme : « L'activité de cette personne est extrêmement suspecte. Il paraît certain que les services secrets italiens l'utilisent. Âgée d'une cinquantaine d'années et sans beauté, elle est extrêmement commune d'allure et de propos. Elle est d'autre part peu intelligente, fort dénuée de toute culture et ne cesse de se trahir par des récits invraisemblables qui roulent d'ordinaire sur des questions d'intelligence service et de deuxième bureau : elle déclare avoir la terreur de ces organisations. Ses seules qualités apparentes sont une santé de fer, une énergie et une activité sans repos, et aussi une audace telle dans l'imposture que son outrance même pourrait arriver à en imposer. C'est ainsi qu'elle a laissé entendre à Trieste qu'elle serait apparentée à la maison d'Orléans, mais à la branche cadette, laquelle serait en délicatesse avec la branche aînée, c'est pourquoi elle ne s'attend pas à être invitée à Miramar, si la duchesse d'Aoste y venait faire un séjour. […]

« La seule hypothèse qui put être faite sur son activité serait qu'elle servit aux services italiens d'intermédiaire auprès des agents slovènes et croates à leur solde, et peut-être aussi d'informatrice sur la vie privée de certains hommes politiques yougoslaves qu'elle rencontrerait dans les établissements nocturnes qu'elle aime à fréquenter. Aux profits qu'elle tire de ce rôle, elle doit ajouter ceux que lui procure la contrebande de devises. »

Voilà donc Renée espionne et trafiquante ! Ensuite… elle disparaît à nouveau, s'évanouissant dans la nature comme elle sait si bien le faire, laissant la porte ouverte à toutes les hypothèses – surtout les plus folles, bien entendu.

Roger, son aîné, a tenté d'embrasser une carrière de parolier, encouragé par la gloire éphémère des Guett's Brothers qui faisaient la fierté de sa mère. Il a écrit les paroles de nombreuses chansons romantiques, en parallèle d'une carrière de militaire entamée dès dix-huit ans en tant qu'engagé volontaire dans la cavalerie à cheval, au 20e régiment de dragons. Il est mort en 1997 à Marseille, sans laisser de descendant.

Le château de La Guette, l'Éden perdu de Renée, appartient toujours à la famille Rothschild. Pendant la Seconde Guerre mondiale, il fut le refuge d'enfants juifs pourchassés par les nazis.

Quant au château de Neuvic, où Renée et le marquis se dirent oui en 1933, il accueille encore des mariés de toute la France… qui ignorent pour la plupart l'histoire de Renée.

Bibliographie

Christine Bard, *Les Garçonnes. Modes et fantasmes des Années folles*, Paris, Flammarion, 1998.

Christine Bard, Frédéric Chauvaud, Michelle Perrot, Jacques-Guy Petit (dir.), *Femmes et justice pénale, XIXe-XXe siècle*, Rennes, Presses universitaires de Rennes, 2002.

Frédéric Chauvaud et Gilles Malandain (dir.), *Impossibles victimes, impossibles coupables. Les femmes devant la justice (XIXe-XXe siècle)*, Rennes, Presses universitaires de Rennes, 2009.

Christian Chavagneux, *Les Plus Belles Histoires de l'escroquerie. Du collier de la reine à l'affaire Madoff*, Paris, Seuil, 2020.

Mona Chollet, *Sorcières. La puissance invaincue des femmes*, Paris, La Découverte, 2018.

Colette, *La Vagabonde*, Paris, Albin Michel, 1910.

Dominique Desanti, *La Banquière des Années folles. Marthe Hanau*, Paris, Fayard, 1968.

Charlotte Fiell et Emmanuelle Dirix, *La Mode des années 20 en images*, Paris, Eyrolles, 2014.

Michelle Perrot, *Les Femmes ou les silences de l'Histoire, Nouvelle édition*, Paris, Flammarion, 2020.

Alfred Sauvy, *Histoire économique de la France entre les deux guerres. De l'armistice à la dévaluation de la livre*, Paris, Fayard, 1965.

Remerciements

RetroNews, le site d'archives de presse de la Bibliothèque nationale de France, a été une ressource inestimable tout au long du processus de recherche de ce livre, à la fois pour plonger dans l'époque et pour reconstituer le parcours de mes arnaqueuses, dont le généalogiste Louis-Benoît Verdon m'a par ailleurs aidée à remonter la piste.

Patrice Baubeau m'a éclairée avec générosité sur l'histoire économique et financière de l'entre-deux-guerres et a répondu à toutes les questions que m'ont inspirées les arnaques de Marthe et de Renée. Il m'a également mise en contact avec Aude Cuilhé, qui a bien voulu me donner accès au fascinant fonds Bradstreet, agence de renseignement à l'origine de neuf cents enquêtes financières réalisées entre 1913 et 1958.

Nathalie Coutelet m'a très utilement renseignée sur ce que vivaient les femmes dans le milieu du music-hall.

Christian Chavagneux m'a permis de découvrir l'incroyable histoire d'Adele Spitzeder et de mieux comprendre l'escroquerie de Thérèse Humbert.

J'aurais aimé pouvoir remercier chaleureusement Dominique Desanti qui a recueilli les témoignages de nombreux protagonistes de l'affaire Hanau, qu'elle a remarquablement documentée. J'ai pioché dans son livre *La Banquière des Années folles* de précieuses informations, anecdotes et citations.

Les services des Archives nationales de France, et ceux des archives de Paris et de Dôle, m'ont été d'une grande aide pour retrouver les traces laissées par ces arnaqueuses invisibilisées. Béatrice Kerfa, directrice de l'office de tourisme de Joigny, m'a également prêté main-forte avec enthousiasme.

Merci enfin à mes collègues de Suresnes, et à tous ceux qui ont contribué à ce que ce livre existe, par leurs conseils et leurs encouragements, en particulier Guillaume, Jean-Baptiste, Frédérique et Amandine, sans oublier mes éditeurs, Dominique Missika et Louis Bousquet.

Impossible de ne pas terminer par l'expression d'une gratitude toute particulière à l'égard de Caroline, ma mère, qui a cru au moins autant que moi dans ce livre, l'a accompagné, enrichi et fait grandir.

Table

PEFC
10-31-1510
Certifié PEFC

Achevé d'imprimer en mai 2024 par Corlet imprimeur
14110 Condé-en-Normandie

Réalisation : Nord Compo à Villeneuve-d'Ascq
Dépôt légal : juin 2024
ISBN : 979-10-210-5523-0
Numéro d'édition : 5057
Numéro d'impression : 24030433
Imprimé en France